U0130717

指望

岑文劲　著

【目錄】

【序】

11　工場裏的文學苦行者　蔡益懷

16　《指望》書介　徐振邦

19　指望——代序

【輯一】【捲葉呼聲】

23　邊緣絕夢

25　公園的黃昏

27　冬日絮語

29　藍窗・有你

32　夕陽餘暉

34　味道

36　冬雨

39　燃燒的季節即將來臨

41　鼎盛時期的顫慄

43　窗內・窗外

【輯二】 【歲葉留聲】

49　山頂上的濃霧

58　街道公園

62　金山風雨亭

67　石籬盂蘭勝會

72　高危的都市

74　老字號

77　五月一日的那一天

86　北京行日誌

88　泰國遊日誌之一

92　泰國遊日誌之二

94　「怪獸父親」與「小魔女」

97　日記之一　六月五日　大雨

100　浮生半日入書林

106　回歸；深圳遊有感

108　炮如人生

110　馬後炮

113　女兒叫父用「活像」一詞造句

115　對話

117　老榕樹

119　散文 vs 詩歌 vs 小說

122　「無為」小議

124　年輕的女人

125　書啊書

127　消失的工廠大廈

128　刑先生

130　斌仔

132　天水圍內一「詩瘋」

142　鋼鐵與柔韌

153　夕陽工業

162　變・色・龍

171　人在旅途

178　《工人文藝》的心路歷程

185　慢談職場求生

195　勞動有價

198　日誌一則

201　水滸啟示錄

【輯三】 【疏葉流雲】

207 中轉花香

209 黃金夕照

211 春日盛會

212 背後的風

213 太陽雨

214 留不住的馨香

216 牙痛

217 公園的氣氛

219 最後的輓歌

220 黑夜中煉獄

221 風‧景

222 颱風過迴廊

223 停不了的翅膀

224 冷雨，風

225 市聲晃蕩

226 悄無聲息

227 樹椿的墳頭

229 馬的自嘲

230　颱風克格比

231　十號天鴿

233　夢回七星岩（之一）

235　夢回七星岩（之二）

236　夢回七星岩（之三）

237　石凳哀歌

239　肇慶崇禧塔賦

240　青衣賦

241　石籬桃花源賦

243　又到紫荊花開時

245　說之不盡的網絡

247　以硯的容量

【後記】

251　向大師們致敬

【序 】

工場裏的文學苦行者　　蔡益懷
——岑文勁散文集《指望》讀後

　　香港是一個不給文學人生存空間的地方，尤其是不給在社會邊緣掙扎的草根一群親近繆斯女神的權利。然而奇怪的是，這個地方自來出產「窮巷文學」，如黃谷柳、侶倫、舒巷城、海辛、金依等，這些從窮街陋巷走出來的作家，都是香港平民書寫的標誌性人物。近幾十年來，來自於工廠基層的作家、詩人也大不乏人，如許榮輝、鄧阿藍、馬若等，同樣卓然有成。我想，這大概跟文學的特性有關係，文學姓「窮」名「苦」，有一種草根性，自然也十分親近貼着土地成長的人，不管他是否有一張名牌學府的「沙紙」。文學有時候跟學歷無關，但跟生活閱歷與悟性有關，她就產生在窮愁困頓的生活土壤上，這也是雅正文學弔詭的地方之一。

　　而今，在香港的文學場又出現了這樣一位邊緣寫作人，邊緣的身分，邊緣的寫作。他就是岑文勁，一個食物工場的雜工。從這個文集中可以看出，在沉重的勞作之餘，他把時間精力都奉獻給了文學，閱讀、寫作、編雜誌……我不知道，這是好事還是壞事。雖然我也是文學

人，也算是一個過來人，但我因為深知中「文學毒」慘過「食白粉」，是一世的孽障，輕易碰不得，並不鼓勵人發這個夢、行這條道。世間有千百條陽關大道，何苦在這荒野之境「千山我獨行」。何況人說女怕嫁錯郎，男怕入錯行，人生幾何，豈容你蹉跎？然而世上偏有這等頑冥之人，文勁就是其中之一，又一個不可救藥的文學傻子，其癡其愚，不說也罷。理想與現實錯位，愛好與職業錯配，除了是一種折磨，還是一種西西弗斯似的懲罰。

從文勁的文字中，我看到了一個文學苦行者的身影。他一路走着，也在一路自我反思與反詰，從〈炮如人生〉、〈馬的自嘲〉、〈石凳哀歌〉等篇章中，我們都不難聽到他的心聲，看到他的身影。他一再地問自己：「究竟我要過怎樣的一種人生」，「我的家在哪裏？」這等自我質問，非到山窮水絕處不會輕易宣之於口。

顯然他在這條道上走得十分的辛苦，而當我從他的文字中了解到他所遭受的冷嘲熱諷、家人的牢騷，也只想說一句，活該！活該他遭人冷眼，也活該他承受孤獨寂寞。誰叫天堂有路你不行，地獄無門偏進來？

其實，我想說的是，冷眼、抱怨、孤寂、困頓，還只是文學道上的第一道木人巷，更大的考驗還在後面。一個文學人，大概注定是要做一輩子人世間的浪子，無家可

歸，只有文字本身的虛幻空間能夠安頓他的身心，讓他得到暫時的麻醉。而這種安撫又注定是經不起現實質疑與拷打的，一旦酒醒曉風殘月楊柳岸，會感到更加的寂寞孤單與寒冷。在這種時候，冷嘲熱諷又算得甚麼？文學人活該受這個罪遭這個孽。文勁既然鐵了心走這道獨木橋，誰也喚他不回，那就準備承受更大的考驗吧。文勁勉乎哉！

文學有三境界，就目前的創作狀況來看，文勁仍處在「獨上高樓，望盡天涯路」的階段，似乎還不到「為伊消得人憔悴」的時候。在這個文集中，真正反映香港工場人生的篇章不多，雖然其中一些零星的片斷可讓我們一窺食品工場的情形，也讓我們看到如刑先生、斌仔、河馬等的境遇，但那都是浮光掠影的點染，還不足以構成一幅草根生活的完整寫生。文勁似乎更滿足於行山行公園，以遊人的視角抒發一點行吟式的人生感慨，而無異於更深層的「窮巷」書寫。而在我看來，文學寫作的本質是生命書寫，是創作主體生命意識的甦醒，是自內而外的自性煥發，而不是吟風弄月，所以我更想從文勁的筆下看到更多從工場生活中直接提煉出來的故事和經驗，像他的那些前輩作家，如黃谷柳、侶倫、舒巷城那樣，讓我們看到一種底層生活的真實狀況。我想，只有當他的創作有了一次脫胎換骨的轉換，承受住了醉與醒的百般淬煉，他的文字才會經

得起時間的汰選。唯其如此，一棵文學的小草也才能長成大樹，像黃谷柳、侶倫、舒巷城那樣，成為香港「窮巷文學」的風水樹。

事實上，在文勁的筆下已經有了一些頗見力道的文字，如〈夕陽餘暉〉中的這個片斷：

　　——阿仔，叫你老婆不用緊張，羊水穿了，很快生出來。叫你老婆用力深呼吸，你阿媽我那時都是這樣，用力深呼吸……我已請過假了，又請假，等炒魷魚嗎？！叫你老婆不用緊張……

　　——老公，你掛號後慢慢等，我去陪你也沒用。都說你不要飲這麼多酒，都說你要多點運動運動。如今搞到胸口悶又想吐，搞到要通波仔……你不要再想着去地盤上班了，身體重要啊，健康就是本錢……

　　——大佬，我可不可以請一天假或遲一點回公司？（你已經請過許多假了，你已經沒有了年假及補鐘假了，工場今天有幾個員工休息，你一定要回來！）電話嗡一聲斷了線……

像這樣的文字直接來自於生活，是對底層生存境況的直觀呈現，最見文學的品質，也正是讀者最想讀到的。畫

面自己會説話，不需要太多的抒情。所以，我想説：文勁，發揮石硯的特質吧，以硯的無限容量，多點書寫這類體現打工仔人生的文字，多一點原生態的呈現。

如果，有心做一隻文學的不死鳥，有雖九死其猶未悔的心志，那就像西西弗斯一樣，將天神的懲罰轉化為一種發現自身力量的能力吧，只有在這個時候你所遭受的種種磨鍊才會變得有價值，你所遭受的懲罰才會變成一種生命的獎賞。

文勁勉乎哉！

二〇一九年二月十二日於南山書室

《指望》書介

徐振邦

　　《指望》是散文集，共分三輯。書中的內容很廣泛，有生活瑣事、有社會議題、有旅行記聞、有讀書寫作心得，可謂包羅萬有，無事不談。

　　其中，我比較在意的，是書中有多篇文章提到一個小社區——石籬。石籬，原是舊區，有舊式的公共房屋，和由無數幢工業大廈拼湊成的工業區，但都已慢慢步入歷史陳跡：舊式的公共屋邨已改成新型屋邨，只餘下兩座逾五十年歷史的建築物，被政府劃為「中轉屋」；又清拆（或活化）了不少工業大廈成為現代化酒店。這些片段，正好紀錄了香港的變化。

　　對於舊區重建和活化建築，是香港很常見的事，但在一個小社區中，竟然同時出現了這兩個變化，的確是少見的。作者在有意無意之間，把小社區的變化，紀錄了下來，猶如一部石籬的歷史書。

　　作者寫自己住在中轉屋，提到石籬第十座中轉屋外，有一片花海。或許，對許多人來說，這個是很普通的畫面，但中轉屋終有一日會成為歷史名詞，不會有人會記得香港曾有中轉屋，更不會了解中轉屋是甚麼一回事。作者也不

禁提到：「或這一篇日誌消失於時間的洪流，而並沒有誰提起！」（〈中轉花香〉）這樣的話，石籬中轉屋也要灰飛煙滅了。

　　住在石籬的人，經常以大隴街休憩公園旁的行人路，作為出入的主要通道。這個位於斜坡上，要走一段長樓梯或斜坡才能到達的公園，無疑是一個較為清靜的地方。許多公公婆婆，都會在這裏作為休息的地方。作者選了這個公園作為題材，記下了大隴街的公園的片段：寫了公園裏的流浪漢、那棵「如涼亭的大葉榕」，還筆錄了公園的人的對話。這些，就算是石籬街坊，也不一定留意到的畫面。（〈街道公園〉）

　　至於曾是工業大廈林立的石籬區，在香港經濟轉型之下，也遭到急速的變化。「一座工業大廈在噠噠噠的機器拆樓聲中悄無聲色地變成了平地。……一條打磚坪街如堆積木般砌起的一座座工業大廈大多都人去樓空。午飯時間的茶餐廳門口等候用餐排長龍的人潮如湧已是記憶所及。一個輝煌的工業時代即將終結。」（〈消失的工廠大廈〉）作者所寫的工業大廈，據說會改建成酒店，但這個計劃能否如期進行，似乎還有不少變數，畢竟，這種由工業大廈變成的酒店，在石籬已經有兩幢了。這裏將會怎樣變化？沒有人知道，但肯定的是，工業大廈已是石籬區的淘汰物。

當然，作者也有紀錄石籬居民的節慶活動——盂蘭勝會。這個由「石排街山邊的福德古廟」統籌的非物質文化遺產活動，是區內一大盛事。作者把盂蘭勝會的場地搬遷片段，巡遊隊伍的路線，以及在巡遊途中，遇上大雨的情況，都有寫下來。（〈石籬盂蘭勝會〉）作者以輕鬆的文筆，記下了這個甚有特色的傳統文化活動，實在難得。

　　或許，作者把文章結集成書時，並不是以石籬作為散文集的主調，但作者是石籬人，筆下的材料都是信手拈來，難免寫下了不少區內的生活片段。就是這樣，作者把石籬的一點一滴記錄了下來。

　　我，身為半個石籬人——在區內工作了逾十年，早就想寫下石籬的變化，然而，我還未動筆，就被作者捷足先登了。現在，我只好變成一個小讀者，透過《指望》追憶石籬的變化。

指望

——代序

　　她撫摸左手食指的關節，雖然比旁邊手指關節略為粗壯，骨頭按壓下去有點硬梆梆的感覺，但沒有痛的感覺。手指關節外有一層沒有毛髮的，薄薄的如一條死掉後曬乾的蚯蚓環繞着纏繞着手指的皮膚。她知這一條蚯蚓在她的記憶是揮之不去了，假如沒有人提及或自己視而不見，她會如常去生活着每一天。人都是健忘而現實的，就如好了今天的傷疤而徹徹底底地忘記了當初的痛一樣。

　　那是一年前的事。她初來這間工場，甚麼都是新鮮的，看見任何東西都是第一次見過。其實工作也不過這麼一回事：有手有腳，別人做甚麼，自己做甚麼，不會做的慢慢來；做不來的不可強求自己，「東家不打打西家」，天無絕人之路。但意外就是意外，沒人可以預知，就如明天都是不可預知一樣，不要想太多，作為小市民一個，見步行步，隨遇而安。

　　不知不覺她在這間工場做了一個星期。那一天早上都是一個很平常的早上。換好工作服後不久，她們兩個同在一條狹窄的走道搬一張大枱到另一邊。走道的柱子都用厚重的不銹鋼板包裹住。突然她的耳邊只聽到「嘭」一巨

聲，她搭在枱角拉枱的左手猛地被撞在牆角上。膠手套已經撞穿了，轉眼間滲透鮮血。她以為手指只是撞穿皮肉，不到三秒，那是切骨的痛，比她在產房產下兒子還要痛上百倍千倍。十指痛歸心，她的頭有點暈眩。她被扶到辦公室驚魂未定，撞擊的手指被包了一層又一層染透鮮血的紗布。她不停地安慰自己：沒事的！沒事的！有同事說，要趕快截的士去政府醫院急診室。在公路顛簸的的士上，她不停安慰自己：沒事的！沒事的！這只不過是皮肉之痛！這只不過是皮肉之痛！我的手指是有希望的。來到瑪嘉烈醫院，醫生說要立即照 X 光。都是皮外傷吧，沒事的！沒事的！她不停安慰自己。等待照 X 光結果的心是忐忑不安，漫長而又心焦如焚。

「要辦理入院手續，你手指關節的骨碎裂了……」

她的鼻子一酸，想到兒子今晚要補習，還要接他回家啊；想到今晚下班還要買菜煮飯啊；想到手指是不是就這樣殘廢了；想到明天上不了班房租怎麼辦……

這就是意外，意外是不可預測的，就如明天一樣，明天也是不可預測的。意外只能忍痛地接受和勇敢去面對，明天也是。或許當時她手指搭在枱的中間去拉枱；或許當時拉枱時手指不搭在臺角；或許當時拉臺時雙手戴上線裝手套，她的手指就不會承受這般折磨了；假如「或許」可以預測就沒有所謂意外了。家人都是不安及驚恐的眼神，

時而在咒罵這是一間甚麼工場。眼淚是不可以解決問題的，流過後就要勇敢面對艱難的日子。醫院已通知了勞工處，這是一次工傷意外。同事不停地打來電話問候，第二天有同事帶來了一些心意慰問品。手指關節碎裂要取出碎骨，然後鑲入鋼條讓關節慢慢復原，這樣的傷痛慢慢就會復原，但如果一顆心受傷沒能及時療救，她將如何面對手指的創傷？——幸好還有家人及同事在背後的支撐。

因為這次意外骨裂的手指做了幾次手術，手術完成後不斷覆診，不斷的做物理治療，現在手指關節雖然不能和受傷前屈曲自如，但能保住不去截肢已經是不幸中的萬幸了。受傷後的手指遠遠看上去跟正常時的手指沒有兩樣，假如手指被截了一小斷，會怎樣呢？她的淚不知不覺又流了出來，淚流過，便安慰自己：總會過去的！

一年過後，她又回到這間工場工作了，同事都沒有異樣的眼光，他們都噓寒問暖，過了一天，他們都不再提起她的手指了。在這工傷的一年多，工傷補償金是薪金的八成，假如沒有勞工保險，她的遭遇將會是恐懼的及不可想像的。

經過這一年的手指傷痛，有時覺得，做一個工人還是有指望的。

【輯一】

【捲葉呼聲】

邊緣絕夢

有風，習習，如秋寒的薄被。

頭頂上的公路汽車循環往返，起點終點，重重複複，忙碌是他們的。他肚餓了就走上梯級的安老院，三急去廁所走幾步十分方便。在冬天躺下加一張被遺棄的棉被，春天芳香的飛花覆蓋他的身體；深夜的秋日加一張薄薄的爛被，他不知道炎炎夏日已過。巴士廣告上那大美人的眼睛，早已看慣了城市邊緣角落的冷暖。他也找過很多工作，也嘗試融入古怪的對視，相融，但不能。他也曾經是一個新移民，常在背後聽到他總是聽不懂的聲音。「一個爛癱」，後來才知道是罵一些不爭氣的某一類人。語言都難以溝通，習性都不一樣。雖然當初他是不吃豬肉的，但為了迎合你們，火腿蛋治，鹹魚肉餅也吃得津津有味，但漸漸發覺，與人相處原來才是一種最難下嚥的滋味。童年都是無憂無慮，翻牆爬樹，街道追逐，留下他們歡樂的時光。他們一家有眾多的兄弟姐妹，隨着一月一日的過去，他們的家愈來愈局促逼迫。他來到這個自由的天地，呼吸着泥土、青草、花香的氣息。落葉飛花不嫌棄他，他深呼

吸時嗅到了清幽的芬香；斑鳩不嫌棄他，搖頭晃腦咕咕地探視他一動不動的躺在地下酣睡；清潔阿姐不嫌棄他，沙沙沙地掃着俗世的塵埃，掃帚與地面接觸的沙沙聲如輕音樂伴他入眠。睡在垃圾桶側在夢中偷偷暗笑：你們究竟在煩惱甚麼？你們究竟為誰奔波？他不介意別人說他是一堆垃圾，因為他就是一堆沒有煩惱的垃圾。他躺在沒有煩惱的公園小天地，他就是一堆沒有煩憂自由自在的垃圾人。他是一堆活着自在躺在自由空氣中的垃圾人。他也想清理他自己，清理一堆會自己移動的垃圾，不再露宿在這寒凍的水泥地上，從此還這個小公園一個沒有「一堆移動人體垃圾」的清譽。——但不能。他不睡在這個公園的水泥地上就會全身發冷汗的噩夢。「一個爛癱！」、「一堆移動的人體垃圾！」、「不可救藥了！」因為只是一遍遍的謾罵聲，根本就沒有人想清理他！

　　有風，習習，如秋寒的涼被。

公園的黃昏

在這個黃昏悶熱而沒有一絲涼風的小公園裏，黃葉靜靜的躺在大地的歸宿；黑漆漆黃色垃圾桶裏躺着一張丟棄的舊報紙，安靜等待着到堆填區長眠。孩子們在水泥地的遛冰場上飛舞着他們靈動的四肢。倦鳥知返飛躍枝頭，落日餘暉映照林葉深處一聲聲眾鳥的和鳴。夜色的燈光未來臨前看見泥地一堆堆枯葉及一叢叢荒涼的野草。

舊年是一棵風華正茂，春日春雨未來臨，她美麗的花季是十月至明年的一月。晨曦來臨陶醉在這小公園的氣息。一朵朵淺粉色、深紅色的飛花，飄散在大樹的腳下。水泥地堆疊着一層層幽香撲鼻的陣陣馨香。

今年你的枝葉漫漫殆盡，青綠的枝椏轉瞬變得乾澀、脆弱。光禿禿的枝椏上一群群烏鴉在唱着落日黃昏的哀歌，像祭奠這棵英年早逝的黃昏枯枝。直至某一天軀幹被鋸掉轟然倒下獨剩樹樁的墳頭。我突然想起某一個人，突然想起生命是如此脆弱，突然想起一棵早逝的樹而沒有一個人記起你的馨香，突然想起一個英年早逝的男同事在生命飛花的季節如人生匆匆過客而再沒有一個人提起你曾經的馨香。

我想起十多年前的一個同齡相識而好學的男同事,他也是一個工人,他不甘於平凡的職業,許多交際及應酬都拒之門外,默默的自學律師課程,功夫不負有心人,幾年的艱苦自學,終於考取律師資格的職業。可惜有一次因為感冒菌上腦,醫治無效而英年早逝。

　　看着青青野草覆蓋着被截斷的軀幹而看不見那樹樁下的年輕墳墓,我默默憶起那個好學而英年早逝的男同事。城市的高樓漸漸遮閉落日的餘暉,黃昏的公園黯然淡去,明亮的街燈光照漆黑的路面,夜色漸濃,電話催促歸家的鈴聲一陣陣響起。

冬日絮語

　　一大清早，球場上的晨運者疏疏落落，風嘩嘩撲向晨運者的臉。一個老人啊，寒風吹襲站立不動的腳步，顫顫巍巍。停不了的雙腿，他們的腳步走得更頻密了。

　　風裏夾着北方的寒流一路奔湧向南方沿岸一個屋邨的小球場來了。黃葉紛紛飄飛，墮落無奈不甘寒風的折磨，翻滾捲曲作命途的掙扎。又一陣陣寒風又一片片飄飛的落葉，嗚嗚嗚沙沙沙，生命最終的歸屬飛揚着一聲聲如咽如歌的旋律。

　　一群麻雀吱吱喳喳地從樹枝中飛到地下，又吱吱喳喳地從地面飛上樹枝，是不是冬日的寒流如期而至，停不了抖動的翅膀？！冬日的寒流如期而至，平凡而細小的麻雀沒有在溫暖的被窩中慵懶酣睡。麻雀雙腳跳動得更頻密了。寒冷，風和雨都只不過是麻雀如常的一種生活方式。又一群麻雀飛上枝頭，在寒風搖曳的樹枝中傲然挺立，不時吱吱地唱着逆風而樂的歌。

　　被猛烈的逆風摧折的樹幹啊，不可預知的今日身心竟然要承受如此撕裂的折磨。一個工人的肩膀，螞蟻啃咬得隱隱嘶嘶作響，誰的鞭影在頭頂吆喝？一個工人的小腿，

站立不動的職業，如樑柱穩固了多少個家？！一個工人的小腿，屈曲的靜脈，活絡的油跡未乾，軟座生硬的屁股掩鼻急速離開。一個工人，早已忘卻手指被撞碎的骨頭，鋼筋被固定在肉體的意志，揉揉受傷的疤痕，又如常繼續新一天的工作。被猛烈的逆風摧折的樹幹啊，生命還扎根在豐盛的泥土，嫩枝在細雨中孕育，綠葉在微風中生長。

　　一個受傷的工人靜靜的默默地站立在被截斷的樹幹。

　　靜靜的，默默的⋯⋯

藍窗‧有你

　　半夜手顫、肩麻、腳痺，人還在睡夢中，鬧鐘聲敲打着神經如擂鼓般震醒纏身的夢魔。窗外的天際雲層灰暗，陽光還未來臨，仰望天空沒有一絲藍色。橙色的街燈依然亮着，你在街燈下揉着惺忪的雙眼，頭頂是暗灰色的雲層。工場裏掛在牆上藍色數字閃動的打卡鐘像注視、盯緊、催促的眼睛。陽光還未來臨，頭頂上的雲層灰暗。有時在巴士上打個盹，只因太累便錯過了該落的車站，折返時，追不回準時打卡的鐘點，打卡紙上記錄着又是一個遲到的疲累。

　　天亮起來了，窗外天空暗灰色的雲層消散，頭頂上的一片藍色的天空，那是窗外的另一種景色。天亮起來了，窗內燈如白晝。吱吱吱打卡聲後窗內洋溢着一陣陣爽朗的笑聲。一個手指屈伸如沒彈力彈簧的彈弓手男工；一個被剪刀刺穿手套留下線紋忘記血染手指的女工；一個將活絡油塗成肌肉的麻醉藥的男工；一個消化不透一句話而徹夜失眠的女工……曾經有過的暗灰色日子就用一陣陣爽朗的笑聲去面對吧。一陣陣的笑聲就如一團團驅寒暖心的爐中火，熔化了彼此如冰牆般的冷漠；消散了如背負鉛球般肩

麻、腰痠、腳痹的職業病；解開了說不清理還亂，不想記起偏偏又記起的惱人心結。

窗內燈如白晝，還未看一眼窗外的夕陽，黃昏就在夜幕中消失了。夜色降臨，橙色的街燈亮起來了，樓房的窗口點起了萬家燈火。窗內燈如白晝，夜色漸漸濃起來了，窗外的夜空像濃得化不開的墨汁。這時，接二連三震盪、催促的手機鈴聲如只看見卻乘搭不了的一輛輛滿座巴士。這時，影影射射的閒言碎語如針刺般開始刺痛漸漸疲累的神經。各人回家的滋味百感交集：阿仔的功課還未簽名；阿女去補習還未回家；丈夫都是打工一族，百物騰貴，微薄的收入養不了一個家；妻子買菜煮飯照顧子女不容易。正是：家家有本難唸經，只是未到提起時。腰痠骨痛平常事，夜深人靜有誰知？

回家的感覺真好。今晚下班回家是看不見窗外晴朗的藍色了。

回家的感覺真好。營營役役後的安樂茶飯、安居樂業、安身立命於這個城市，我一天天老去，你一天天長大。
——就用你的文字記載着時光老去的回憶吧！
五月的鐘聲響過，勞工團體手提揚聲器，那擴散而高

亢的聲音就是為打工一族呼喚尊嚴的吶喊。我們打工一族都要有尊嚴地行走在城市繁華的街道上，城市的夜空璀璨的煙花也有一幕閃亮着基層一族的動人樂章。

——就用你的文字記錄着文化長河中的一截激流吧！

為何我總是欲言又止？為何我總是言不由衷？

為何回家的路上總是看不見藍朗的天空？

為何大眾文化除了八卦雜誌、時尚週刊、免費頭條……難道就沒有一本「基層文化平臺，抒懷打工心聲」的純文學刊物？

就讓你來回答吧！

——只因有你！

（《工人文藝》創刊辭）

夕陽餘暉

　　冬日的太陽還在山的外邊，頭頂白茫茫的天際透不出一點亮光。公園的寒風凜冽，天未光，一大群麻雀跳躍在枝頭吱吱地叫着。冬日的紫荊花並不比春日的群花遜色，都在枝頭的嫩葉中吐蕊。綠葉綻放中的紫荊花經寒風一吹，粉紅色的花葉吹落地上，在泥地上翩翩起舞。紫荊花的花香幽幽地散發在公園的一個角落。三五成群的婆婆在紫荊樹下，有的捶胸摸肚，通氣活血；有的「撈魚摸蝦」，伸展伸展八卦蓮花掌；有的手執紅色摺扇，紅扇開開合合劈劈啪啪啪恍若一朵朵蓮花在寒風的池塘中迎風起舞。

　　——阿仔，叫你老婆不用緊張，羊水穿了，很快生出來。叫你老婆用力深呼吸，你阿媽我那時都是這樣，用力深呼吸……我已請過假了，又請假，等炒魷魚嗎？！叫你老婆不用緊張……
　　——老公，你掛號後慢慢等，我去陪你也沒用。都說你不要飲這麼多酒，都說你要多點運動運動。如今搞到胸口悶又想吐，搞到要通波仔……你不要再想着去地盤上班了，身體重要啊，健康就是本錢……

——大佬，我可不可以請一天假或遲一點回公司？（你已經請過許多假了，你已經沒有了年假及補鐘假了，工場今天有幾個員工休息，你一定要回來！）電話嗡一聲斷了線。……

想起二十年前，你是一家之主出外打工也可以養活一家大小；想起那時一邊帶阿仔阿女，一邊做半更也可賺上幾千塊閒錢；想起當年股海暢遊，何其逍遙自在。如今股市自從金融風暴、沙士、金融海嘯後，股市已難回昔日輝煌；想起強積金的戶口，幾十年過去強積金的積蓄已被蠶食過半……

露珠從綠葉中滾落，淚水在眼眶打轉。婆婆們喁喁私語中分享着冬日公園的氣息。劈劈啪啪紅色摺扇開合，朵朵紅蓮綻放在婆婆起舞的手掌中。

冬日的晨光漸漸在頭頂湧來，晨曦的光也是遠山外邊的夕照。頭頂上的雲層邊緣染得血紅。頭頂上的一塊塊雲層像一塊塊染血的紗布，包裹着「夕陽」的傷口。

味道

H已經是第六個了。

「這條游魚游得實在太慢了。」

你用左手五指合攏作撈篩狀。「撈起！」你又用右手五指合起如鐵鏟狀。「炒！」然後右手像握着鐵鏟用力作翻炒、拋炒、猛炒狀。無名的怒火如燃燒鍋底亂竄的火焰。「這條魚實在游得太慢了！」你不斷重複着這句話。豆豉一粒粒，如黑色的某一個黑色星期五總有某一條慢游的魚進入黑夜的世界。魷魚放在膠板上一刀刀橫豎切花，然後，用薑蔥爆鍋，入味香噴噴。慢剝快，你要快，如游得飛快的一條魚，生生猛猛如大金魚缸一條條快速游動的魚。

老闆對你已另眼相看。「這一時期的業績不錯，我不看過程，只看結果。」（我的跑車要換了，四驅的寶馬或最新款的平治。阿朱阿狗阿牛阿馬誰人做看場的又有甚麼分別。就如飲一杯紅酒，紅酒當然愈久遠愈香純。紅酒開蓋倒少量入大大的高腳紅酒杯，搖搖酒杯，聞聞那股香氣，深呼吸，啜一小口，搖搖頭，是醇香還是青澀，一試便知。你是一杯醇香還是一杯青澀，一試便知。我的跑車

要換了，朱老闆馬老闆都換了新款波子。我能換四驅的寶馬或最新款的平治，就看你這杯紅酒了。我能換車，你這個看場的當然、絕對不能換。）

你早已提醒這條鰻魚，長長的身形款款擺動多礙眼，這不是在讓人觀賞，而是在飢餓中覓食。工場的員工要有利索搬動的雙手，如一條飢餓的大白鯊張口看見一群驚慌失散的幼小熱帶魚。你早已對這條鰻魚看不順眼。你的右手五指合攏，豎直如刀狀，向上向下向左向右來來回回作刀狀劈勢，「唞嚓唞嚓」，「切！切！」然後用力說了聲：「炒！」

游魚被撈上辦公室。H還有點莫明其妙，呆頭呆腦的。手有點微顫就如昨天還未恢復的疲累。「這裏並不適合你，你已通過試用期，但可以補償多一個月的薪酬給你……」H腦際一片空白，像一條游上沙灘掙扎的一條鰻魚。辦公室的耳朵塞着耳機，然後摘下，聽着側邊同事的笑話，然後附和的哈哈哈笑彎了腰。紅辣椒切粒翻炒，炒熟後依然是紅色的一片片，如豪不猶豫發怒的紅臉。門外的同事都聞到了烤魚的焦味。

H是這幾個月以來的第六個被炒魷魚的員工。她是幸運的，祝福她。

冬雨

　　已經是大清早了，天色灰濛濛，厚厚的雲層透射淡淡的白光。寒冷的季候風集結在南方小島的上空，冷雨裏挾着冷風。

　　在這個極普通的街道休憩小公園，冷風裏挾着冷雨。晨曦的曙光還遠遠的在厚厚的雲層之外，灰濛濛的清靜小公園是一遍自由而清新的小天地。寒風冷雨中，一大群麻雀在啄食人們昨晚遺留在地下的瑣碎食物。斑鳩也放下高傲的翅膀點頭進入麻雀群寬鬆的覓食天地。斑鳩是自由的、麻雀是自由的，假如沒有民主社會一早就制訂的防止虐畜條例，自由的天地又會怎樣呢？

　　在這個極普通的街道休憩小公園裏，晨運的市民稀疏無幾。一個穿上用黑色垃圾袋編製成的雨帽雨衣的清潔女工，手執水喉揮灑昨日的滿地垃圾。公路隆隆的汽車聲不絕於耳，汽車稍一阻塞在公路上，喇叭瘋狂的吵鬧聲便讓人厭煩及無奈，但黑色的清潔女工充耳不聞不為所動，她手執水喉只管揮灑小公園裏滿地的塵垢和隨處的落葉，有工開便是她的生計，有糧出便是她的民生。

　　冷雨裏挾着冷風，天色灰濛濛，薄薄的雲層透射淡淡

的白光。

　　寒冷的細雨中，男人們都喜歡撐一朵朵淺黑色、暗灰色的雨傘，淺黑色是辛勤地忙碌到黑夜的降臨、暗灰色是休息後迎接晨曦的曙光。在細雨中，小朋友都喜歡撐一朵朵純白或有卡通圖案而鮮豔小花傘，家長們都能讓自己的小朋友活在如動畫世界裏的卡通人物自由自在快樂成長的天地空間嗎？住劏房的小朋友啊，住劏房的孩子們何時能露出如花朵般燦爛的童年？

　　在毛毛的冷雨中，女人們都喜歡撐一朵朵暗紅色、淺綠色、粉紫色、深藍色的一朵朵雨傘，多姿多彩五顏六色的女人們，她們夢想的家庭是安穩而有聲有色的、她們夢想的孩子是多姿多彩而豔麗七色的、她們夢想的社會是白雲外的天空一遍澄藍。

　　從高處俯視街道，細雨中，在公路急速行走的汽車側邊，七彩的蘑菇雨傘在冷雨中緩慢而匆匆地流去各自的目的地。

　　因 DQ 立法會議員重新在九龍西普選，五個後選人爭奪一個席位的結果已經塵埃落定。冬天早已經來到，寒冷的季候風早已經集結在南方的天空上。今日冷風裏挾着冬雨，知冷暖的民眾都知道在哪裏找尋人世間的溫暖，有的紛紛擁抱沉思在綿被下；有的依然穿着單薄的衣服迎接冷

雨的冬天。

　　天色灰濛濛，雨停了，日光穿透薄薄的雲層，而冷風
依然⋯⋯

燃燒的季節即將來臨

　　曾經的一陣陣幽香撲鼻，如今滿地敗絮殘花。大花紫薇、宮粉羊蹄甲、白花羊蹄甲的樹枝叢中隱約透出一片片青綠扁長的種子。經歷季節的色彩，浮華淡然掠過，洗去璀璨的鉛華從容面對今日的落花，啊！一副成熟了的臉孔靜立眼前。濃霧在山頂雲集，天際灰色厚厚的雲層漸漸飄移，晨光隱隱透現。

　　動起來了，聽那球場頻密的走動聲，沉默的大地也感染拍掌激動迴響；動起來了，音樂帶動舞姿，都市匆忙的腳步彈撥一個個滿腦子繃緊的弦；動起來了，樂曲響起，扭動舒展壓迫的身肢；動起來了，羽毛球在節拍中旋轉，飛舞跳動在年輕快樂的時光裏。天氣開始暖和，那個在嚴寒冬日拄着枴杖踽踽獨行的婆婆，氣息也開始好起來。一陣陣柔風輾過歲月的容顏，黃葉紛飛，光禿禿的枝椏準備迎接夏日綠葉清爽的新妝。夏蟬更按奈不住，在春日的盡頭，在燃燒的季節還未來臨前便擂鼓助燃歲月的流火。木綿在第一場春雨潑灑時便醞釀脫胎換骨，火紅的枝頭熊熊燃燒枯黃的沒落，夜深時燭照曾經看不透星光的前夜。鳳

凰木要燃燒了，火中鳳凰欲化腐朽為神奇，細葉的紋浪搗海翻江，一雙雙失落的眼睛像看到了火紅的歲月。

　　而斑鳩只是急促飛撲上枝頭咕咕咕地點頭，悠哉悠哉的做着夏日如春天的美夢。

鼎盛時期的顫慄

一、

又一間書店經不起潮流的重負，最終在吶喊呻吟後只餘陣陣哀鳴；又一間紙媒經不起讀者的冷眼，堆積如山的紙張在印刷機前痛哭，一遍哀鴻中宣告終結在時間的洪流。紙印危機四伏，網媒甚囂塵上，網海的潮流滔滔不絕，難道要淹沒紙印的文學刊物？

二、

喜歡在網上寫就寫吧。一年螢幕的風花雪月，兩年螢屏的自娛自樂，三年屏劃的嬉笑怒罵。五年呢，十年呢……螢幕的文字都經得起時間的沉積？一切虛幻的網文轉眼煙消雲散。你可以在虛擬的螢幕雲遊宇宙，但你真的不屑於紙印文學留下文字記憶的必然過程？文學刊物並不是不發表你的創作，而是你對印刷文學的熱誠已心灰意冷。你認為不是一個寫作人，那麼你盡情在網上玩弄文字吧……

三、

　　我驚覺，我的詩原本是這麼有深度，我可能以後再寫不出這樣的句子了；我驚覺，我的詩原來寫得這麼長篇而一氣呵成，而現在總是寫這麼兩句而沾沾自喜；我驚覺，我的詩原來寫得這麼晦澀而令我回味再三……這全都是在我不會認識網絡之前時所寫的啊！我驚覺，短短的那麼兩三句詩原來竟然是那麼空洞無物！

四、

　　致敬！向那些默默耕種文字的寫作者，雖然倍感文學刊物的前境堪虞，雖然徬徨自資出書的市場暗淡……但我相信，那些滔滔網海的潮流，總會有一日在鼎盛時期的顫慄。

窗內・窗外

　　窗內的我漸漸老去，窗外的孩子一天天長大。窗內的我還有飛翔的夢想嗎？窗外的孩子一天天叫我，從幼兒的「爹地」到少年的「老爸」。

　　隆隆的公交車駛近車站，市聲依然喧囂。急促的腳步，等待上班的人流如常湧向工廠區。八小時以上的工廠囚籠，窗內有嘻笑怒罵的藍衣一族。窗內不斷重複如機械般運作的厭惡性工作，窗外藍天白雲飄飛的銀鷹是孩子般天真的文學夢在飛翔嗎？

　　金融海嘯那幾年，食品工場未見衰落反而生意興隆，我們食品工場的打工仔每晚幾乎都要加班。炎炎夏日，落日的餘暉掠過工廠大廈的樓頂，窗外的晚霞來不及細細欣賞，轉眼間夜幕驟降，窗外已是燈火燭照。窗內的打工一族還忙着一團，已經忘記手腳的痠痛為完成當日的勞動作最後的衝刺。疲累的他回家後已經沒有發夢的多餘時間了。他是一個工人，他有一個「作家」的夢想，他常常發夢有一天自己寫的文章能夠發表，常常發夢以後要出一本

書。

這幾年食品工場不知為甚麼生意開始不景氣，工場員工每天基本上可以提前完成當天的工作，下班後總算看到窗外的藍天白雲。年底公司沒有裁員而且每個低薪員工都有加薪及派發花紅。雖然加薪偏低，過年後也沒有一個員工請辭。香港及大環境經濟都不景氣，老闆和員工能夠同舟共濟，憑良心共處，堅信路會走得更遠。生意漸漸有慘淡經營跡象，員工都不夠工作做，這幾年大時大節員工都甚少加班，下班前便多了一些時間佇立窗前凝望窗外的白雲。有時站在窗內的他看見窗外斜斜浮出的一架鐵鳥銀鷹，他想，能否有一天坐在飛機裏的窗口位觀賞浮雲飛縱？因為他從未坐過飛機呢。「坐飛機」和「文學的白日夢」便是他日夜漂浮的夢想。

窗內不斷重複又重複的工作，一樣的陽光一樣的夜晚，一樣的工作一樣熟悉臉孔的同事，重複又重複的生活現實已經漸漸消磨他對文學的鬥志。偶而有一篇文章見報，喜形於色在同事面前分享，便惹來一陣陣嘰嘰呱呱的訕笑或奇異目光的嘆服。有的說，女人最怕嫁錯郎，男人最怕入錯行，你不應在工場做雜工，你應該在寫字樓工作。有的說，寫文章有稿費嗎？他說，沒有。「哈哈

哈……」又是一針針如針刺般扎肉的嘲笑。而他轉念一想，這何嘗不是與工友一齊分享文學娛人娛己的快樂過程。文學確能使一個工場雜工優雅起來，無論在談吐、學識和與人相處之道都是和工場文化裏的粗俗、仇視、小圈子等等另類工場文化不同。其實，冷嘲熱諷對於一個堅持文學寫作的工場雜工是見慣不怪，不是說「腹有詩書氣自華」嗎？說實在的，他們的嘲弄往往抵擋不住文學優雅的眼神，因為文學確是能使人胸襟寬闊起來。

只要一到了放假的週日時間，他就泡在圖書館裏如饑似渴地閱讀，這時電話鈴聲不斷：家務你要不要做？小女兒你要不要管？一有時間就去書書書，到頭來「輸」死你！為了安撫家人的牢騷，他很快做完了家務然後帶着小女兒去圖書館漂書了。只要工作之餘還有一些時間他就寫寫寫。夜深燈未熄，家人的責罵聲叨叨絮絮，有時只能半夜起牀等家人熟睡後再偷偷寫作。只要不影響家人的休息，忘於寫作是自己的事，他們也莫奈何。經過了六年時間，他終於在寫作上有了一點起色，在投稿文學獎徵文中獲得六個獎項，經推薦擔任一份文學雜誌的編輯，而且在二〇一六年經各方的鼓勵及扶持出版了個人詩集。又因為文學寫作的緣故被推薦到北京參加第二屆華文文學大會。

又因為文學寫作的緣故夢想成真第一次乘坐了從香港到北京的飛機。

　　第二屆華文文學大會，在這一次有二百多名內地及海外華人文學寫作人參與的文學盛會中眾星雲集，群賢畢至，他們個個學識淵博，著作等身，使他這個來自香港基層的寫作人開闊了文學的視野，在華文文學的文學圈中大開了眼界。秋意漸濃的北京，一大清早滿街都是穿着厚厚風衣的上班一族。來自香港的他，攝氏十幾度的北京氣溫令他瑟縮不前，倒有點適應不了兩地相差十多度的氣溫。因為霧霾的緣故一大清早都是灰濛濛的天色，在曾經是皇家園林的釣魚臺賓館園林，晨光和暖，濕潤青翠閃着綠光的大合照草坪中有兩百多名文友陸續登場。歡聲笑語是文學的緣分在這個深秋的釣魚臺園林留下了難以忘懷的瞬間留影。賓館開幕會場上，大家以熱烈的鼓掌聲迎來了來自臺灣的華文詩壇泰斗洛夫對傳統文化的執着及對現代詩獨特見解聲情並茂的發言。這一次盛會的邀約看到了華文文學大家庭寬闊的海洋，感覺自己在文學海洋中是飄浮的一葉輕舟，雖然渺小卻心懷感恩而自豪。「付出辛勞未知結局，但有夢想應去追尋。」這一想法始終沒有放棄。

文學夢確是一個酸辛而興奮的旅程。一個工人在窗內不斷重複營役的勞作；一個窗內的藍領文藝工人不斷抵受來自抗拒文藝的語言嘲諷；只要你還有夢想，只有你對文學的夢還執迷不悟，就如窗外藍天浮雲躍出的銀鷹，雖然你還未飛上過藍天，因為對文學的緣故，相信會有一天，你會凝望窗外雲端雲海碧天白雲紅霞紫光而感慨萬千……

【輯二】

【歲葉留聲】

山頂上的濃霧

　　——三、四月要小心一些，在忽冷忽熱、昏昏沉沉的季節，人便會有思念的磁場與先人的靈魂產生共振，思維都變得迷迷糊糊、昏昏頓頓了。

　　——我們黃大仙竹園邨，你知不知道，發生那些事（自殺）是全港十八區中比率是最高的，比天水圍還要高，十分恐怖。嘻嘻，真有點不明白，那麼有勇氣尋死，卻沒有勇氣為生，我覺得他們好好笑，好傻，好無聊。其實，有甚麼不可以解決？我都拍過幾次拖啦，我還給貨車撞過哩，真是死過翻生！我戒吃牛肉都十年啦。嘻！今年有時間去日本玩玩，雖然我都去過十多次，想去北海道吃長腳蟹，想去滑滑雪……

　　——你知不知道，原來我們葵青區在港九新界十八區是最貧窮的一個區，葵涌發生那些事（自殺）也是挺多的，甚麼為情斬頭案、甚麼傻佬斬童案、甚麼破產後一家燒炭案、甚麼甚麼……前幾天，在我家的窗口旁從十六樓跳下一個，想起都噁心，真是豈有此理！你要去（死），去遠點，你不要影響別人的正常生活，這些人是不會讓人同情和可憐的——活該他！

每天的死亡報道，人們在茶餘飯後中品評都習以為常了。在香港，生活的壓力在全球可謂首屈一指。當官的要面對示威的壓力；上班的要不停面對加班的壓力；巴士阿叔有巴士阿叔的壓力；港鐵有被小童隨時便溺的壓力；年輕一族有年輕一族的壓力，等等。總有人比你慘，看旺角花園街那些歷劫火海的劏房災民，微薄的收入要應對百費千費的開支，住在擠逼一角不知甚麼時候人肉慘變燒豬。

　　推開窗，金山郊野公園山頂中那滾滾飛縱的濃霧就如坐在斗室綑成一團如亂麻的思緒；又像絕望的頑疾看不到希望，只有痛苦的深淵。那白茫茫灰灰白白的濃霧都看不清山頂矗立直指藍天的電視塔了。

　　有一個故事是這樣的：一個身患絕症的病人，醫生說他不會活得過半年。病人也認為這個世界快要遺棄他了，於是他下定決心，在離世前出外看看以前從未看過的世界。他還未搭過飛機，未坐過郵輪，於是，他乘飛機坐郵輪，一個月的旅程使他大開眼界，他的心路開闊了，他的精神開朗了，奇蹟的是，他的病竟然不治而癒了！

　　——有時想不開的，想不透的東西，換一種角度想一想，換一種生活方式過一過，或許會有意想不到的結果。

　　總是牽掛着山頂那巍然佇立山頂，塔尖直指藍天的電視塔；總是想起一陣陣掠過塔頂翱翔鳴叫的飛鷹；總是牽

掛着行山路上的兩母女，相依為命的兩母女，一個頭髮花白，一個右腳微跛，下山時，女兒擔着兩罐滿滿的山泉；總是想起一對父子，父親頭髮斑白，兒子兩眼呆滯須要父親悉心照顧的大男孩，在行山的路上總會見到他倆各執一條長棍，或許是用作驅猴用，或許是行走崎嶇的山路當枴杖用；總是牽掛着那山頂歷經百年風霜，屹立不倒的石柱，那石柱紀錄着當年人們披荊斬棘、開山築路的奮鬥歷程；總是想起那個嘴銜一根青草，一大早就奔跑在寧靜起伏的山路，有時還見他以手當腳倒着行，一個臉色紅紅潤潤的山人；總是牽掛着那傻人樂園滿樹自由自在、嬉鬧頑玩，在樹葉叢中跳躍自如的猴子；還有那幾首在茶亭牆壁的古詩，其中有一首意景清新，運用回文及頂真手法而寫成的一首詩；總是想起在山頂極目遠眺那如蟻動車流的青馬大橋，極目遠眺山外山的那一片茫茫的憧憬，極目遠眺天外天的那一片白雲藍天。

明天就是驚蟄，鵝頸橋那邊必定是一番熱鬧景象。有人說，小人不是用來打的，小人是用來拜的。你以為某某是小人，是要打的對象，某某又以你為小人，是要打的對象，某某是小人，你何曾不是？！真是怨怨相打何時了。或許拜小人那個「拜」字有尊重對方的意思吧。但有時你不去惹人，有些人卻是專門挑你骨頭、説你是非。只有不

做別人應聲蟲，有自己的主見，多做工少說話而沉默是金的人，才有一種受人尊重的底蘊。那驚蟄時節，山頂滾滾濃霧的金山郊野公園，愈接近它愈有一種深藏不露而內涵豐富的底蘊。此際，我在一條山路的初程，風在嗚咽地響，四處無人，寒氣逼人。平時伏在路邊的野狗，不知消失在何方，四野都是蒼松野草，但此時卻看不到一點點有霧在眼前，更不要說是甚麼濃霧。獨在一條山路小徑上，在驚蟄時分的金山郊野公園的一條小徑上，彷彿四周有許多是非小人向你襲來。轉念一看，那些小人轉瞬又成了滿眼的青翠鳥鳴。有時想，文學之路不就是走在一條孤獨的山路嗎？沒有人帶你走這樣一條「不歸路」，是自己的興趣驅使你走上這樣的一條路。幸好前人都修好了這樣一條山路，讓你攀、讓你爬，但爬完一條崎崎嶇嶇的山路後，登頂極目，便有一番心曠神怡的開闊。

向上行，頭頂是一片灰白，迷迷朦朦中發現了一點濃霧的迷蹤。隱隱約約有人聲傳來，不知不覺到了半山，孤獨的一個人，人聲就仿如孤獨者的知音。世俗耳邊的噪音太多了，太多的嘈雜的聲音，怎去分孰是孰非？此際在寒風中聆聽孤獨路上的和鳴，就如呼呼的松濤傳來晨曦樹枝清脆的鳥鳴。和幾個山中晨運者打一聲招呼，道一聲早晨，別再以為你走的是一條孤獨的行山路了，莫道君行

早，早有行山人。

——但前面的山路的的確確看不到一個人。風繼續吹，寒風裏挾着水珠在臉上冰涼地滑過。一條前面如死寂的山路擋在眼前。風更大，走着走着，我有點氣喘吁吁，在路邊找一條樹枝當拐杖，繼續完成那山頂濃霧之旅。

還看不見山頂，風猛烈地吹，現在身在霧中了，但又不覺得你身邊有霧，只看到霧在對面山頭如蒸氣般飛逝，一團團一堆堆一層層向我眼中襲來。我有點走不動了，飛鷹在我頭頂呱呱地掠過，像嘲笑我是一個孤獨的弱者。路有一半了，隱約看到了山頂的盡頭。這時風更大了，時而呼呼凜烈地在耳邊叫囂；時而一陣陣松濤讓人心馳神往；時而一陣陣冷風撲面沁人心脾。雙目的盡頭都是白茫茫、灰茫茫、野茫茫的一片片。視野都是在茫茫宇宙中，山頂上的濃霧竟是如此的接近，我是那濃霧，濃霧中有我，我和濃霧都分不清你我了。突然有兩聲長嘯從山 一邊傳來：「早……晨……啊……」，山谷底下雖然是短暫的「早……晨……啊……」回應，但聲聲長嘯像在喚醒沉睡的晨曦；像在喚醒迷迷茫茫中迷失的心靈；像在喚醒在多霧季節中愁困心鎖惱人的煩惱；又像是胸中一股清新的人間氣流與大自然融為一體了。此際耳邊有悅耳的鳥鳴，松濤更是一浪一浪地向耳邊襲來。我在諦聽大自然的天籟，山路兩邊

有落英繽紛，樹枝長出嫩芽，此際此刻我陶然於大自然的靜美。此時天邊有隆隆的飛機聲驟起，彷彿人世間噪吵的是是非非。此際的山花、松濤、鳥鳴置身在濃霧中又如清澈流泉洗滌污垢的心靈。但有人總要走回那凡俗的喧鬧，在喧鬧中清清晰晰每一天，有如濃霧中清澈的心靈一樣，在凡塵的喧鬧中清清晰晰地走好每一步。

山頂了，極目卻是白煙茫茫。

看不見石籬貝如積木般的邨屋。

看不見人潮如湧的葵芳新都會。

看不見風風雨雨的荃灣如心廣場。

看不見如蟻動車流的青馬大橋。

近在眼前的，只看見屹立百年不倒的山頂石柱，石柱標有「1902 ／ No16」的字樣。

山頂了，風愈來愈大，可濃霧卻愈吹愈濃，只有十幾米的視野，迷迷茫茫中看不到天。處身在山頂上的濃霧是不宜久留的，而且是不斷的寒風冷雨撲面而來。我得趕快沿着向東下山的小路看看傻人樂園那常常令我魂牽夢縈的幾首詩。

到了傻人樂園，霧稀疏了許多，有兩個晨運的婆婆做着伸手展腿的動作。我用心地賞讀茶亭牆壁的一首詩：

破曉石籬空氣新
曼叢山徑儘行人
相逢那論初相識
揮手揚聲道早晨

揮手揚聲道早晨
往來人似一家親
管他風雨寒和暖
晨運如常見我身

晨運如常見我身
循環血液暢心神
延年此乃長生術
長壽何關富與貧

長壽何關富與貧
水流不腐豈無因
滿紅十裏塵囂甚
破曉石籬空氣新
——無名氏〈歡樂今朝〉

有一個婆婆看我驚奇而專注的樣子，她停止了運動，向我解釋：

　　——這些詩是阿伯寫的，阿伯每天都來茶亭和晨運的人一齊嚐茶。這些字是阿伯用毛筆一點一橫一勾寫上去的。阿伯都九十幾啦……

　　——九十幾？怎麼現在不見他？他自己作自己寫的詩嗎？這麼大年紀了還自己上山？

　　——阿伯一大早就上山來，七點前就下山啦，這幾年專門有人用車接他上山，幾乎每天都見到他……

　　我張開嘴巴呼出驚奇、嘆服的氣息。或許這就是長壽之道，或許堅持吸收大自然的靈氣；堅持諦聽樹搖葉動中的猴叫，聆聽一浪接一浪的滾滾松濤；或許堅持與山花為伴，山風為鄰，一口清茶，三兩知己，滿口真言品談世事。

　　——或許這就是長壽之道吧！我好想見一見那九十多歲的長壽俗人，好想深入鑒賞其中一首謎詩的詩。

　　天色漸漸明朗，山頂上的濃霧漸漸消散，原來濃霧籠罩的西九龍建築群如今隱隱約約看到環球大廈鶴立雞群的身影。

　　生活就是這樣！嚴冬總會過去，多霧的季節又算得了甚麼。乍暖還寒、乍寒還暖如亂麻般的思緒，轉一個角度去想一想吧，就如那山頂上的濃霧一樣，太陽總會射穿那

厚厚灰暗的雲層，霧山又恢復原來的清明，紛亂的思緒終會變得如山澗流水般清晰，迷濛矗立山頂的電視塔還是依然的直指藍天。

街道公園

——葵涌石籬二邨大隴街休憩公園

　　樓房密集地向天空延伸，投下遮蔽晨光的陰影，仰望看不見寬闊的藍天。街道行人如鯽，紅綠橙三色燈光永不疲倦安份地閃爍，匆匆疲累的腳步向哪一個方向逗留停駐？公路喧囂的市聲不絕於耳，鳥鳴幽靜芳草花香的空間在城市街道中何處尋覓？

　　葵涌石籬二邨石梨貝大隴街休憩公園門口有一幅黃色底標印有康文處橫額的條幅。條幅中間，狗頭陰影被一條黑棍打橫截住，條幅寫着一行大字「請勿攜犬入內」。秋日公園的氣息是開朗而清新的。一大清早叫得最歡的是雀躍的鳥兒。粉紅色、淺紫色、深紅色的洋紫荊花開花落，踏入公園的石級，清香撲鼻。空中的落花黃葉在微風翻捲着優雅的舞姿，地上鋪上了一層七彩的花葉。細聽秋韻的晨曲，彷如置身煩囂都市寧靜的清音，而側邊斜坡的公路陸陸續續駛過眼簾，呼呼遠去是汽車囂叫的聲浪。街道邊食肆的抽油煙機呼呼地噴出濃稠刺鼻的油煙味。街道公園是一個城市空氣的過濾器，綠葉張開巨口吸吃渾濁的空氣，嫩枝花蕊呼出新鮮清香的氣息供我們品嚐。

普羅市民公屋的家是侷促的，如你不善於經營更是滿目淒涼，敗落而喘不過一口氣來。每當打開每日的報紙，君不見為家庭而造成的血案往往令人怵目驚心。這個清晨的小公園，我有點羨慕躺在石凳側的一塊破爛牀墊，用一塊薄布遮蓋着頭顱，露出如一叢叢黑草胸毛的流浪漢了。在鳥語花香的公園裏，無依無靠露宿者的「家」都有點自由自在無拘無束了。公園的地下是乾淨的，康文處在此養活了幾把改過自身或飄零無根的掃帚，飄落的樹葉和一顆迷失的心都有了歸宿。「沙沙沙、沙沙沙」，不斷重複的聲響是厭惡和喜愛彼此糾纏的職業習慣。橙色外衣印有「更生者」的清道夫，「沙沙沙、沙沙沙」，每掃一下思前想後過往心中泛起負疚，乾乾淨淨前面的路更加開闊而整潔了。

　　城市寸金尺土，普羅大眾的家都簡陋而擠逼時時有一種喘不過氣來的感覺，來到這個乾淨清新氣息的公園才得以舒緩。公園的中心挺拔着一棵方圍十米如涼亭的大葉榕，常言道「家有一老如有一寶」，可不可以說「公園有老榕街道如有一寶」。老榕樹在風中飄飄蕩蕩的樹鬚如一個老年的漢子用手撫弄，像預知自然的定律：讓一切都隨風吧。陸陸續續，公園石凳的角落坐滿了晨光的長者。有兩個婆婆在榕樹下靜靜私語，一個說：家裏只要靜，嘈嘈

吵吵的就會令我去罵人。我心臟不好，做了手術，在醫院睡了差不多兩個月。我不想求人，自己有手有腳。政府已經很好了，一到了六十五歲就會幫助你在銀行開戶口。兩三千元節儉點，乘巴士也不用錢，早餐一個麵包就夠了。外國又怎樣？人生路不熟。我穿的衣服也穿了十多廿年。那些拿政府錢一早就去喝茶，又乘飛機去旅遊，錢怎會夠用？另一個婆婆只是哦哦點頭應答。

今天是星期日，報紙是要買的了，有時兩把老聲嘻笑着每天成年的色情男女或少年男歡女愛的為情所困。買報紙主要是看馬經，一版馬經如吸食一口上癮的興奮劑，或吸一口煙回顧上次的戰績，吐出一口口煙圈，話圈就接二連三了。買獨贏單Q還是二穿三，上次的斬獲是心水還是幸運？落筆投注是期待的興奮而莫名的自信。週日跑馬買馬票只是有個心頭好有個寄託，小賭怡情，得失隨緣。贏了吃餐好的，輸了當做善事，哈哈大笑後下次再買過。公園的晨光中，馬迷在報紙指點筆劃彷彿這裏是他們決戰馬場的「指揮部」。大榕樹的側面是用多塊塑膠膠墊鋪成的百尺地面，膠墊中間立一座兒童滑梯，大人可以赤足立於幼兒的小天地，仿如一個公園最能容納老少適宜的休憩場所。晨光靜靜的從腳邊閃過，秋日公園的風不冷也不熱。斑鳩撲次次降落地面，兩眼盯視行人移步的距離。向

上仰望榕樹頂，晨光穿透密葉的疏漏，七彩的光線在榕樹的遮蔽下雙眼才可以和烈焰對視。蹓冰場的水泥地有沙啞的音樂響起，婆婆們扭動扭動手腳，舒展舒展筋骨，微風和話音向街道兩邊飄蕩。一群麻雀吱吱喳喳飛落地面，一個蹣跚學步的幼兒啞啞地衝向紛飛的雀兒。

正在此時，圍網外一隻小狗被主人拖着走的時候，突然響起急促呼息狂吠的狗叫聲，「汪汪汪」一隻白色唐狗狂吠追上草坪的圍網，小狗遠去，「汪汪汪」的狗吠聲和主人「噓——噓——噓」的吆喝聲、「狗！——狗！」主人的喝罵聲不絕於耳。白狗停止了叫喚接着的是呼吸急促的鼻息聲，人聲和狗聲融合之間此起彼伏。

高樓遮不住日光的來臨，公路的市聲依然喧囂，昨天餘興的夢剛剛甦醒，陸陸續續的腳步紛至踏來，街道的休憩公園更熱鬧了。

金山風雨亭

　　腿患纏繞大半年，傷患未能停止。痛楚能否有痊癒的
一天？腿患遍訪名醫，終有好轉。久未登山，惦記金山郊
野公園山頂的風雨亭。風雨亭有何紀念？只是日夜記掛亭
中張貼無名氏的一首古詩，如再三咀嚼能唱和就好了。如
能登上金山郊野公園的風雨亭，暫離都市污濁的凡塵，找
一處登高極目觀賞寬闊的視野，目睹山青松浪聽眾鳥和
鳴，以洗滌心靈的塵垢。迫切的心情更兼催促的腳步。

　　日幕還未揭開，街燈幽幽暗暗。城市的高樓遮擋遠視
的目光。公路隆隆的汽車噴出一團團讓人掩鼻刺激的煙
霧，總想逃離這個污濁的城市。抬望眼，金山山頂煙霧迷
漫，那一條梯級的山路，我還可以沿着梯級登臨山頂嗎？
沿葵涌石籬一邨石興樓的山路斜坡行五十米踏入金山郊野
公園山路的石級，雙腳隱隱開始痠痛。向上延伸的梯級像
通往天堂遙不可及的夢路。腿患未癒，雙腿邁出沉重的腳
步。半路的梯級一步一個腳印，氣喘吁吁。晨光稀微，前
不見行人，密林深處有狗吠聲此起彼伏。霧水撲面，後不
見行人，遙想陳子昂登幽州臺的孤獨，我的冥想被陣陣翠
鳥悅耳的鳴叫敲醒。又一陣陣冷風裏夾涼霧撲臉，稍停，

喘過一口氣後，抬望前面的山路有隱約灰白灰白的晨光。半路小息我撿拾路邊一條粗硬的樹枝，樹枝當柺杖可以抵擋腿患未痊癒而沉重的腳步。

　　半路的山，霧愈來愈濃，回望山下的城市，一遍霧海蒼茫。山路兩旁密林有霧水滴下，山風時而吹來一陣陣絲絲霧水，真想退縮回家。伸了伸未癒的腿子，催促前行了腳步。停停望望想想，不知不覺快到半山，我得加快腳步登上半山風雨亭避避如絲的山雨。前方石級山路隱隱聽到有手掌的拍打聲，「莫道君行早」，原來早有行山人。登臨半山，身體開始漸有微汗，療治過的腿患經過運動開始邁出輕鬆的腳步。極目一遍翠綠的叢林，看不見鳥影而聽到清翠婉轉的清音。春日的山棯樹，果實早已脫落，清清淡淡的山棯花靜靜地盛放在春日的氣息裏。時而一陣山風掠過，回望山下的城市，霧海中的荃灣隱隱透視挺拔的如心廣場，彷彿人海茫茫訴說一個「天地有正氣」的傳奇故事。我停在石級邊向上張望，有一個老壯漢揹着一桶山泉，一身短衫短褲從山上石級邊落山邊雙手拍打手掌而下。掌聲漸漸吹入我的耳際，他對我說了一聲：「早晨！」我連忙第一反應：「早晨！」山中人與人對望的問候聲最是親切，一句問候的招呼便融化了彼此不相識的隔膜。

　　快到半山的風雨亭，雨開始點點滴滴飄散。我進入有

個名叫白頭佬費心搭建的風雨亭，有點欣然頷首而嘆服了。風雨亭安安穩穩，想必花了白頭佬每日不少的心血。亭中有掛鐘、椅子、掛曆、鏡子、報紙還有時尚雜誌。亭中空地側邊有一株野蘭正怒放着青春的花豔，傲然卓立彷彿獨享孤寂的清閒。此際無人，靜聽山風，鳥鳴不絕，青山清音。安然獨坐於椅上，暫避風雨，置身於城市之外想着城中的天地。山下城市茫茫，目光在城市之顛，浮思霧海。此際雖然沒有月色，遙思唐朝詩佛王摩詰〈山居秋暝〉境界，彈琴吟嘯，遠離凡囂，清靜無為，此樂何極。抬眼望，山下城市煙霧茫茫，浮游霧海，爭爭拗拗，撕裂糾纏，遠望的雙目被濃霧深鎖，彷彿雙眼被圈了一層又一層的白內障，而濃霧總會消散，當烈焰如利刃割破雙目那一層層如濃霧深鎖的白內障時。點滴的雨停止了。要往山頂行了。這時山中的霧愈來愈濃了，濃霧又將極目的雙眼深鎖，靜靜佇立松樹之下，一幕幕的煙霧像舞動翻捲雲霧的輕紗。有時眼前掠過一點色彩，沿途粗大的樹幹被人用顏料塗鴉。「◡≻下臺」被人塗抹成「◡≻正臺」，到此標記以為可以達成自己宣傳的目的，但別人也可以反宣傳，只是污染欣賞大自然境觀的賞心悅目，更何況山中的草草木木都是有靈氣的生命，是不是要還其清靜自然的本色？

　　到山頂風雨亭了，我尋覓那首張貼的古詩，雖然在經

歷風吹雨打日曬雨淋的洗禮，紙張顏色黯淡而字跡依然清晰：

無題　無名氏

　　每逢假日登高山，港九名山任縱橫。
　　只須恆心增歲月，欲求健康並不難。
　　山高未阻心頭老，堅定偏向苦山行。
　　數十年來如一日，身心舒暢展歡顏。

　　這時傳來嘈雜的人聲，原來山頂的幾處空地早已來了眾多的晨運者，有的劈劈啪啪用乒乓球板打羽毛球；有的跟着收音機的節拍伸展伸展筋骨做體操；有的沿空地邊小跑，時而吐幾口「嗨嗨嗨」的濁氣。在這個山頂的風雨亭中，我聽到了人聲的嘈雜、松濤的呼呼聲浪、鳥鳴的婉轉低迴、時而傳來山邊的狗吠、眾聲如紜、一切的聲音都溶入了大山深呼吸的懷抱裏了。雨暫停了，霧以外灰白灰白的天際隱隱有晨光透射。遙望原是霧海茫茫山下的邨屋、另一邊的荃灣、再遠一點是青馬大橋，一陣陣海風吹過的濃霧，城市的輪廓依稀可辨。霧總會散去，如利刃的烈焰總會割被濃霧深鎖雙眼的白內障，一個城市的風雨總會有

停止的時候。

　　傷痛總會有好的時候，風雨總會停止。下山時我想好
了一首和詩：

無題
　　——和無名氏無題詩
　　偷閒登金山，風光任縱橫。
　　天梯如日月，敢上不問難。
　　百年未為老，松木仰天行。
　　霧散晴朗日，登高觀天顏。

石籬盂蘭勝會

　　一早醒過來，推窗，地上濕漉漉。天外，灰白灰白的浮雲飛縱。浮雲飄過，藍色的天際時隱時現。走出門外，七月的烈日如火。石籬的夏季陰晴如春，時而風雲突變，驟雨從天降臨。風雨飄散後烈日當頭，地上濕漉漉的泛起一片片白光。抬望眼，金山時霧時綠，真如三月的孩子臉，時而嬉笑頑劣，時而涕淚滿面。雲霧飄散，極目半山，擁入眼簾的都是一片翠綠。石排街山邊的福德古廟，綠樹翠竹中香煙裊裊。傳說農曆七月十五鬼門大開，遊魂飄蕩。唸經超度亡魂，這一陣古廟香火鼎盛。葵涌石蔭安蔭潮僑邨民在古廟對面的球場一早就搭建一年一度盂蘭勝會的舞臺。

　　幾年前，一年一度盂蘭節的舞臺在安足街的一塊野地搭建、表演。石籬邨因為新移民不斷湧入，公屋供不應求。政府擬在安足街曾在此搭建盂蘭勝會舞臺的野地興建一幢公屋。這時便引來個別區議員及部份邨民的強烈抗議。

　　應留一處休憩的公園給居民及小朋友閒坐和玩樂——

這裏太多的公屋，密集讓人喘不過氣——

這裏的原始樹木，不能毀於一旦了——

抗議聲彼此起伏，有的邨民還拉起橫額，高聲呼喊走在路上抗議。但如今經過幾年的圍欄建樓，一幢公屋拔地而起，一幢名叫「石歡樓」的公屋像從天而降。由石蔭邨通往石籬邨的行人天橋穿過石歡樓的平臺，平臺與公路有電梯接駁，學生和邨民更方便來往目的地。石歡樓的平臺築起了一個草木青翠、遊樂設施齊全、處處涼亭坐椅的休憩公園。坐在潔淨的坐椅上，在晨光中聽鳥語聞花香；晨風輕吹，閒人傾談；學期剛結束，一大早小童在遊樂場追逐頑玩；婆婆師奶在音樂的節拍中舉手提足，沉浸在輕歌漫舞中。大概曾經反對的聲音早已拋到九宵雲外去了。看着喜迎新居的笑顏，真是安居才可樂業啊。

這一天如期而至，這一天總會到來。一年一度的潮僑盂蘭勝會總會在這一天到來。突然間，天色暗淡起來了，灰雲遮蓋了白日。灰雲漸漸堆積層層墨黑的濃雲，金山半山的一片翠綠都被雲霧籠罩着。雨，夾雜着一陣陣風斜飄而至。風愈吹愈猛，雨點愈下愈大——今天真的天公不作

美嗎？今天還將舉行僑潮邨民盂蘭勝會大巡遊呢。

雨還在嘀滴答嗒在地上亂舞，沒有下不完的雨，這只不過是一場突如其來的驟雨。烏雲飄散後，從金山吹來一陣陣涼風，雨止了，白雲浮現，白光下是一片藍色的晴空。

今天是石籬僑潮盂蘭勝會邨民大巡遊的日子。風雨怎可更改？！

中午十一點左右，球場盂蘭勝會的舞臺邊，鑼鼓咚咚響起。這時嗩吶聲嘟嘟聲咽；旗海飄揚，旗手都是年輕一族，他們都是巡遊的先鋒；從鄉下請來的神功演員，一早已整裝待發。巡遊隊伍中的神功演員有的化妝成西遊取經四師徒：唐僧身穿伽紗，手拿禪仗，帶領仁徒走在前列；孫悟空手持金剛棒，時在手中舞動，仿如四方妖魔鬼怪聞風逃遁；扮豬八戒的演員頭戴豬型面具，手握九齒釘鈀仿如天蓬元帥下臨凡間，只是看他的表情木訥而沒有一點聲色；老沙用月牙禪杖肩挑行李，像一個無怨無悔的苦行僧。小學生衣裝繽紛，粉臉紅唇，挑着花籃，擔子都是一條條柔韌的膠棒，籃子在身邊左右跳躍，祝願新學年學生哥妹勤勤力力，學業進步。年青力壯的高舉旗幟，巡遊開始時他們個個都派發了紅包，寓意利利是是，鴻運當頭，來日祝願愛情事業旗開得勝。警車開道，一時警燈閃爍，警號

時鳴；一時公路汽車井然，隊伍有序徐徐前行。警民合作，一年一度即使辛勞也值得。

最是辛勞的莫過於一個個彪形大漢推着一尊尊菩薩佛像。今年請來地藏王菩薩佛像、福德老爺佛像、齊天大聖爺佛像等佛像上街巡遊。他們推着有幾百斤重的佛像車，在旗海翻捲、鑼鼓喧天、人聲鼎沸中汗流浹背；在烈日當空下個個精神抖擻。突然間山外暴雷轟鳴，皓日藍天下烏雲密佈，轉眼狂風裏挾着雨箭如瀑。隊伍前行人員紛紛走避，來不及逃避的瞬間變成了落湯雞。但他們都是笑着抖了抖身上的水漬。這天真的天公不作美，暫避風雨約一小時，雨勢稍微。這時鑼鼓聲、嗩吶聲又響起了。

隊伍從石籬二邨巡遊到石籬一邨，快回到起點了。這時指揮的潮僑長輩大為緊張，記者捕捉鏡頭早有準備，警員示意前後方來往車輛暫停。差不多快到起點五十米，一個壯漢高舉着一枝頂上紮有符咒吉祥物的竹竿首先衝入門口，隨後是一聲聲高喊：快一點！快一點！歡呼聲、掌聲如雷鳴震響。緊接而至菩薩佛像車隨後趕到，嘩嘩嘩聲中有一老者聲如雄鐘的大叫：快一點！快一點！

推着佛像車的壯漢吶喊着衝入門口。一眾巡遊隊伍湧入球場，人山人海笑語喧天。到現在我還不明白為何他們

到了終點還這麼用力地衝刺。

　　戲臺側邊紅榜高掛，有錢出錢有力出力，看誰比拼今年賺錢哪個多。邨民個個上香朝拜，在勝會中吃齋傾談。晚上鼓舞昇平，乘涼欣賞舞臺精彩表演。

二〇一四年八月十日

（刊於《香港作家》二〇一四年九月號）

高危的都市

我在網絡粗略看了看資料，本港在今年（二○一七年）八月份已經有二十九個生命因自殺而魂歸天外，還有那些自殺未遂的未計算在內呢。前天深夜對面樓有一個中年女人從高樓跳下而亡，報導說此女人有情緒病記錄，死因沒可疑。怎麼沒有可疑呢？為甚麼這個看似「繁華」的大都市這麼多人得了情緒病？昨天還看到本港每兩個中學生有一個抑鬱，這真是活在一個甚麼樣的「繁華」大都會？

我曾經寫過一篇散文〈山頂上的濃霧〉說清明時節也是一個高危自殺可怕時段，現在又到孟蘭鬼節接二連三看到一些不愉快事件。在〈山頂上的濃霧〉這篇散文中我將那些糾糾纏纏人世間的煩惱事比作山頂上的濃霧，但你身在霧中靜靜的會感受松濤的呼嘯、山花的落英繽紛、晨運人聲的呼喚……甚麼煩惱事都會拋諸腦後，這個繁華都會背後的煩惱事也只不過如此。其實你身處任何一個社會，身處任何一段人類歷史的社會，在你身邊都會有不同的煩惱事纏繞。相比身處戰亂年代的中東難民，活在尚無戰亂的社會，你已經比別人幸福千倍萬倍了。大陸文革年代許

多人都自殺了，但那些徘徊人間邊緣的世人轉眼間過了幾十年，人還在，回頭看看那些逝去者不禁噓唏不已！

自殺能解決問題嗎？而因「自殺」衍生一系列的人間情愁糾葛將會影響其身邊人們的思緒，而對其親人更是一種內心沉重的創痛……

今天是九月一日開學日，昨晚已提醒小女不准打遊戲機，九點多要上牀睡覺，一早提點要執拾好書包。開學了，這些都要家長的配合。

開學了，確實須要家長督促子女將暑假的懶散「鞭打」回到學校上課的熱情……

老字號

每次吃完飯出來，不停地問：這間飯店怎麼還可以生存到現在？

這的確是間「老」字號。驟眼，門口水泥地高高低低，凹凸處裂開像年久失修的圍牆縫隙。門口擺着兩三張陳舊的餐枱，幾個掘地工、泥水工赤着膊邊飲一罐啤酒邊大聲說着當天工作的進度。

走進店內，環視四周有點不堪入目。四壁已殘舊，電視是厚身二十寸的彩電。電視畫面的旁邊正在播着一首低聲低唱如泣如訴像從地底發出的憂怨粵曲。有一個天花的冷氣窗用一塊大鐵皮屈曲成一個貯水盆；一條細水管從水盆下端引水入渠；要命的是水盆兩側還各裝有一塊鐵皮，因為冷氣窗滴水範圍愈來愈大了。而且滴水還是一滴一滴在兩塊小鐵皮側滴下。堂上只有一個矮矮瘦瘦五十左右的阿姐端着飯菜出出入入。奇怪的是滴水始終沒有滴濕阿姐，更沒有滴着飯菜。我有點覺得來錯地方而無奈地坐下。

「飲甚麼茶？壽眉還是香片？」

「有沒有鐵觀音？」

「沒有，就壽眉吧。」

在茶餐廳吃飯有茶飲也實在少見。這間飯店菜式大多是以蒸熟為主，連飯也是用盅杯蒸熟的盅頭飯。驟眼看，抬望眼，每桌坐着的大多是公公婆婆。有的還是讓傭人推着輪椅來吃飯。

這真是一間「老」字號啊。我一看見他們嘴呶着，慢慢像反芻的牛吃草般吃。我有點倒胃口。老闆娘還在旁大聲提醒：「叫你吃肉餅啦，還吃魚。要看骨啊，這塊魚腩很少骨的。」有的公公滿臉大塊大塊的老人斑，我突然想起這個就是十多年後的一個我，他朝君體也相同啊。轉念又想，這些不正是自己家中的父親母親公公婆婆？！這正是和家人一齊吃飯啊。

魚是清蒸的，有幾片薑絲及炸菜在魚面；排骨是清蒸的，肉質鬆軟入味，有幾粒黑豆豉佐料，有時還吃着一點紅辣椒，立時滿頭神經亢奮。乾蒸燒賣是新鮮肉自家釀製，吃起來彈牙爽口。看着老人家吃得津津有味，自己肚餓也胃口大開了。

原來這家老字號飯店主要是為上了年紀的公公婆婆而設。我也經常幫襯這間飯店，難道自己也是老人家？這間飯店吃一頓飯才二十四元，有湯飲，又有茶飲，還有少量

青菜。現在一般的茶餐廳吃一頓飯都要三十元以上了，還不計飲品。現在物價一天天在上漲，年尾工資加少少卻遠遠趕不上通漲。如今的香港政治撕裂混亂，今日不知明日事。有的說要保持現狀，有的說要本土為上，公說公有理婆說婆有道，眾說紛紜，永無寧日。幸好香港政府對老人家是不錯的，這兩年全球高齡壽命還趕上了日本升上全球第一。嘩，這真是有點自豪感啊！本港無能為力者可以申請綜援，到時成了六十五歲以後的長者，政府的優惠政策會陸續有來：甚麼二元乘車；甚麼每年增加醫療券；甚麼提高生果金等等。有人說香港老人退休後不應實行退休金制度，說福利主義只有苦了下一代，更提醒歐洲福利主義的蔽利可能在香港會成為翻板。誰是誰非，我們基層一族怎會知這麼多的道理。只要有工開，誰家老闆工資高福利好就準備跳草裙舞（跳槽）──唉！

話說回來，香港政府對老人家還是不薄，自己有點想做老人了，而多一些老人家幫襯老字號飯店，老字號也該門庭若市吧。

五月一日的那一天

　　你是一名工人嗎？五月一日的那一天，你很想在這個工人的節日裏，悠閒地坐在家裏怡然地享受天倫之樂，或到戶外邀請三五好友盡情玩樂，但不能！五月一日那一天，你坐不住了，你更無心去玩樂。

　　五月一日那一天，我們上街去！我們拿着揚聲器，和眾志成城的隊伍在大聲渲洩我們做工人的不滿，去大聲吶喊我們做工人的價值何在！我們每天營營役役，打工仔卻永沒有出頭之日。我們舉起橫額，要僱主或政府正視我們打工仔的訴求。五月一日那一天，我們上街去。我們為最低工資要立法、要爭取最低工資三十三元、我們要為「辛苦窮」的魔咒、我們要為無良的僱主、我們要為打工仔有個安穩的飯碗、我們要為我們應有的權益——上街去！

　　五月一日的那一天
　　國際勞動節的那一天
　　我們上街去

春寒料峭，霪雨霏霏，橙色的街燈照着你灰矇矇的背影，晨曦還未露出一絲曙光，你迎着寒風冷雨，沙沙地掃着馬路兩旁飄落的樹葉，掃着隨風飛舞的報紙、塑膠瓶。路人轉身拐過馬路上一堆堆稀巴爛的狗屎，你從從容容將狗屎倒進狗屎桶，無聲無息，大都市的美容師，你當之無愧。

你是一名清潔工人嗎？你有想過你的日薪、月薪與你繁重的勞動相符嗎？為最低工資立法，清潔工人也要買強積金，清潔工人也要買醫療保險，你都知道嗎？有誰能幫你，你的辛勞是否得到應有的酬勞？是街工？是工聯會？職工盟？還是政府？

你又記起某大廈的電梯跌死了六個清潔工。你是一個戴着口罩正在清理漫天塵土的地盤清潔工？安全意識常常說卻總出現隱患。肺積塵的職業病應如何治療？五月一日的那一天，你有想過為爭取清潔工人應有的權益——上街去嗎？

五月一日的那一天
我們上街去

我們是清潔工人
為爭取我們的勞動價值
我們上街去
我們振臂
我們吶喊

　　夏日炎炎，酷暑下火燙的熱辣辣像要蒸乾滿身的汗水。你是一名地盤工人嗎？在高高的竹排中斜掛着一個古銅色臉孔的身影。有人在竹排中一失足墮下，一跌就爬不起來。鋼筋冒出熱浪，木板欲要燃燒，一層又一層脫了皮的手指在紮鐵，紮啊紮，四十多度的高溫，滾燙的安全帽下頭髮像要點燃。有人暈倒在工地裏，白車呼呼地開來。

　　你是一名地盤工人嗎？墮地的慶幸不是自己，中暑的甦醒後繼續投入火燙的工作。「手停口停」，紮鐵是紮穩一家的經濟支柱，今非昔比了，香港的建築行業日漸凋零，只有零散的建築地盤，許多大廈的預製件都在內地生產；連接內地的鐵路快線擾擾攘攘還未動工。昨天的日薪一千六百，今日的日薪八百六十，明天的日薪怎去讀？颱風襲港，一日風三日雨，有時暴雨連月，地盤停，工就停，少一天工作就憂心一天的開支。你是一名地盤工人嗎？工

傷保險你知道幾多？政府的基建項目你又瞭解多少？港珠澳大橋何時動工？地盤工人的日薪為何一年比一年萎縮？這些你都知道嗎？有誰能幫你，你的辛勞是否得到應有的酬勞——去找梁耀忠？去找李卓人？去找王國興？還是去政府勞工處網站閱？

五月一日的那一天
我們上街去
我們是地盤工人
為爭取我們勞動的價值
我們上街去
我們振臂
我們吶喊

天高雲淡，秋高氣爽，但香港的空氣污染日漸嚴重。中午的鬧市街道車水馬龍，行人如鯽，隆隆的汽車過後便是滾滾的廢氣在排泄，有的途人在掩鼻，有的加快了腳步，有的戴着防毒面具。那個赤膊騎着單車，一輛單車載着四罐石油氣，在馬路邊險象環生飛馳的，不管甚麼廢氣和密集車流的，就是你嗎？送貨的工人！看，路邊正在扛起四包麵粉的阿叔，或許就是你。你是一個送貨工人嗎！

你日捱夜捱，唱着：「鬼叫你窮，捱世界，鬼叫你窮，頂硬上！」你付出的勞動會得到應有的薪酬嗎？或許你是剛剛加入跟車送貨的行業，在這個金融海嘯的大環境下，除了送貨，你還有甚麼工作可以選擇？或許你是一名工廠的工人，因為老細吞併了倒閉的小企業，在這個金融海嘯的陰霾下，你還不停的加班加班。你加班有加班補貼嗎？你是一名工廠工人，有想過你付出的勞動與報酬相符嗎？為甚麼工廠裏有這麼多的不公平現象。你在工廠裏工作氣喘如牛，但有的老細親屬如車間金魚般在工廠裏游來游去。你感嘆工人何價？你慨嘆社會不公，或許你是一名倉務員或者你是一名工廠雜工，假如你是愛好文學的，你或許會看過曾是雜工的陳昌敏的詩集《雜工手記》。詩集中有一首〈我們必得平反〉，作為一名工廠工人，工人的苦與樂，你和我便感同身受。此詩抄錄如下：

我們的工作
一樣需要
巨大的臂力和體力
為甚麼被人家看扁
被社會冷落？

在人類歷史的大潮流裏
我們必得平反

　　你是一名工廠的倉務員？雜工？工人首先是一頭牛，
一頭任勞任怨，任主管吃喝的耕牛。你為了兩餐只能忍氣
吞聲，時時在主管背後高唱：「鬼叫你窮，捱世界，鬼叫
你窮，頂硬上！」但你不能是一頭人到中年的弱牛，不能
是一頭有氣無力的老牛，不能是一頭涉世未深的不懂捱苦
的牛仔。你出賣了牛力，你沒力氣維持這份牛工，老細便
會很現實地炒了你，而你想做下去也莫奈何。打牛工的工
人，你有想過加班而僱主不給你補水（加班費）嗎？你有
想過找勞工處諮詢嗎？工場裏的幫工，你是否有買強積
金？你是否有買勞工保險？或許你可以去找街工、找職工
盟、找工聯會。不管是甚麼黨派團體，只要是為工人出頭，
我們就投他們一票。不管是甚麼組織或個人，只要為工人
的權益着想，我們就投靠他們。

　　五月一日的那一天
　　我們上街去
　　我們是工廠的工人
　　為爭取我們的勞動價值

我們上街去

我們振臂

我們吶喊

　　「工」字有出頭之日嗎？營營役役、懵懵懂懂又一天打牛工的打工仔，你的價值何在？「鬼叫你窮，揹世界，鬼叫你窮，頂硬上！」這首歌永遠唱下去，打工仔都沒有出頭之日？！香港經過無數香港人的勤勞、奮鬥才有今天這個美麗的國際大都會、才有這個名聞世界的金融中心、「亞洲四小龍」的美譽，難道沒有我們工人為這個城市付出的功勞？！香港經過無數的風風雨雨，總會挺過來，無論是九七期間的憂慮，金融風暴的摧折，沙士時的肆虐，不都是一步步挺過來嗎？！現在的金融海嘯又洶湧全球，香港企業倒閉潮不斷，百業蕭條，鋪天蓋地的失業大軍，失業工人首當其中。誰帶領我們工人一步步走下去？一步步挺過這個艱難時期？五月一日的那一天，你還可以猶豫嗎？五月一日工人節的那一天，我們上街去！

　　作為一名工人，只求「一宿三餐」的基本生活權利的工人，只為向有關的僱主或政府去表達一個不滿現狀的訊息，只為爭取打工仔作為工人應有的勞動價值，應有的勞

動報酬。五月一日的那一天，你還可以猶豫嗎？去找街工梁耀忠！找職工盟李卓人！找工聯會王國興！找幫我們工人出頭的組織或黨派，無論是社民連、民建聯、民主黨，只要是為我們工人着想的，我們就投靠他們。五月一日的那一天，我們上街去！

五月一日的那一天
在工人節的那一天
我們肩並肩、手把手
我們上街去
去振臂我們的心聲
去高呼我們的權益
去高舉不滿的橫額
去吶喊不公的待遇

五月一日的那一天
在工人節的那一天
我們有組織守秩序
我們喊着同一的聲音
我們上街去
我們抬着紙紮的飯碗

要將沒飯開的碗打破

我們拉着失業的氫氣球

要將沒工開的失望放飛

我們扛着說謊者的假面具

要將他們的假面具戳穿

我們高呼要政府關注

關注我們的訴求

我們高呼要老細正視

正視我們的權益

跟車送貨的工人、工廠的長工幫工

送石油氣的、清潔掃地的……

五月一日的那一天

工人節的那一天

我們上街去

我們一個跟着一個

去振臂

去吶喊

——只為爭取工人的勞動價值！

（此篇為香港第五屆工人文學獎散文組冠軍作品。）

北京行日誌

　　來到北京沒到過天安門或長城能說是來過北京嗎？

　　秋日黎明前的北京，寒氣襲人，寒冷依舊，稍為穿得單薄一些，晨光還遠遠地在地平線之下，腳步稍一停頓，鼻水便湧鼻而出。天際還是灰濛濛，明亮的街燈下各人有各人的奔走和堅守。一打聽晨運跑步到天安門廣場大約要一小時，乘地鐵由四號線轉一號線很快就會到達。早上七點前上班的人流較為稀疏。北京地鐵廣播是兩種語言，一種是普通話一種是英語。一進入地鐵票站門口，氣氛便有點「緊張」起來，並不是自己做了甚麼虧心事，而是保安十分嚴密，行李要和人分開安檢。行李要在專門通道檢查，個人要用金屬探測儀全身檢查才可進入乘車。

　　要到天安門城樓怎去呢？北京街道的警崗亭隔一段路便設了一個，路在口邊，問市民和警員都很有禮貌很耐心地講解給你聽。由四號線轉到一號線就是天安門城樓站了。一走出地鐵站口，猛烈的日光迎面射來，左邊的紅牆腳下隔幾十米便一動不動站立着一個威嚴的戰士。進入天安門城樓前十米一崗百米一哨，而且安檢和進入地鐵的安檢是一樣的。一到天安門城樓下完全被其整潔、壯觀、威

嚴的場景震服了，一下子到了中國的政治中心感覺自己十分渺小。天安門城樓下也是隔十米左右便有一個威武的戰士一動不動地站立着。一看對面馬路一片空曠，細心看的建築便是人民大會堂及人民英雄紀念碑。早上八點鐘的北京陽光耀目而和暖。

我終於來到北京天安門城樓下了，我有禮貌地邀行人幫忙拍了幾張相以作留念。稍稍留連我得趕回酒店。進入回程的地鐵車廂裏擠滿了上班一族，逼逼逼，人群不斷往車廂裏擠，人與人之間竟然這麼親密，差一點就可以呼吸着對方的鼻息了。

北京市民乘公共汽車都是有秩序地排隊，有的公交車站還有穿着厚厚黃色大衣的老大媽老大爺手抓一面小旗、手臂掛紅色橫帶在維持着上車的秩序。回來的路上突然的看見有兩個乞丐討錢，一個用厚厚的棉被包裹身體只露出頭部躺在馬路上；一個雙膝跪在地上不停地輕叩額頭，一手托着乞討碗一手五指按在冰冷的地面。微弱的北風裏挾着寒流，路人都穿上厚厚的大衣，有的戴上口罩腳步匆匆在兩人身邊行走。

而兩個乞丐都是滿臉皺紋的老人家。

泰國遊日誌之一

　　泰國是一個自由的國度。

　　曼谷是一個自由開放的大都會。

　　走在曼谷的街道上得小心公路的車流，曼谷公路的人行斑馬線感覺像沒有一樣，人行過馬路的紅綠燈設置也非常少。所以，酒店路口、公路的十字路中心、停車場路段就會看到非專業或專業的交通警察口吹哨子手抓螢光棒在跳街舞或在街上打泰拳。泰拳是世界博擊種類其中一種有其獨特拳術的博擊術。泰拳柔合了佛家的胸懷。拳手出場時奏響的音樂如梵音響徹拳場，拳手雙手合拾的意義有如佛家告誡取勝之後也應慈悲為懷，看泰拳比賽的拳手獲勝後沒有其他博擊比賽那些拳手的狂放囂張，電影冬蔭功那個泰拳拳手大智若愚，敢於迎戰挑釁，勝負不形於色。

　　說起泰拳，話說在一七六七年，泰國國內發生了大動亂，當時的都城大城府也未倖免於難。國亂則外侵，當時泰國領國緬甸向泰國發動了猛烈的進攻。緬甸軍向大城府圍困，俘虜了許多泰國居民，其中一些有許多泰國拳手，

緬甸國王猛拉將這些拳手囚禁於仰光。一七七四年，緬甸國王猛拉陛下為了向保存有佛祖遺物的寶塔表示敬意，下旨在仰光舉行七天七夜的狂歡。國王猛拉特別命令在狂歡期間，舉行泰國拳手與緬甸拳手之間的對抗比賽。緬甸王以為憑主場之利緬甸拳手可以在生理及心理上一舉擊垮被俘虜的泰國拳手。當一個叫乃克儂東的泰國拳手出場時，他跳一種奇怪的舞蹈，裁判急中生智說這是一種拜師舞。緬甸拳師輕蔑地挑釁，不將他放在眼裏。乃克儂東是泰國著名的拳手，轉眼間已將緬甸拳手打翻地。接着有九個緬甸拳手要輪翻迎戰乃克儂東，很快全都慘敗於乃克儂東的拳腳之下，到第十個緬甸拳手要出場時已嚇得不敢迎戰了。緬甸王感慨萬分：「泰拳師武藝非凡，以匹夫之勇，竟連破九人，至十人莫敢與敵，苟非其君王庸弱，彼輩當可免喪邦之痛。」乃克儂東威震緬甸的事蹟，在泰國史上本無記載，反而鄰邦緬甸史籍上卻詳盡地記載了此事，因此屬實無疑。最後緬甸王賞賜兩個部落美女給乃克儂東回泰國以示緬甸王的聖德。後來泰拳館的拳師都奉乃克儂東為宗祖。直到本世紀五十年代，在披猜‧軍拉窪匪警中將的提議下，將乃克儂東揚威緬甸之日（三月十六日），定為泰國拳師節，以紀念這位偉大的民族英雄。

話說回泰國曼谷的街道。曼谷的汽車長度是曼谷公路長度的五倍，也就是全市的汽車放在公路足足可以放五層高。據導遊說一進入市區的旅遊巴士在一個十字路口的紅綠燈指示牌下停車有時往往要停半小時。我看公路上的車類真是七花八門眼花繚亂。載客的有三輪寬敞像大篷車的督督車，似乎是一種供遊客觀光的旅遊車。公路上的出租小汽車（的士）驟眼看以為是私家車，赤橙黃綠青藍紫七彩顏色齊全，如果你在高樓俯瞰立體公路下的小汽車，你會看到七彩的小玩具車閃爍七彩的光線突然停住然後又突然開動，像置身動幻的銀幕。靠在公路邊開來的是地動山搖搖搖晃晃，爆焊縫脫油漆沒有冷氣隆隆嗚嗚作響的是「前七」（老舊）巴士。你會覺得奇怪這樣的車在香港一早已經遭「劏車」（塗汰車）不知所蹤了，原來泰國沒有「劏車」，說是環保卻有點好笑。在曼谷公路看車流覺得有趣的是摩托車（電單車）可以載客，摩托車司機可以是一種職業，在內地有，原來在東南亞的泰國曼谷也可以看到。而惝惝怪事的是在公路上可以看到飛快穿梭於公路汽車群的摩托車，有的載一家三口、有的載一家四口、有的單人、有的載美女側坐。這些並不看得過癮，過癮的是摩托車上的人基本上不戴頭盔，險象橫生又讓人目瞪口呆。曼谷公路的車流都不快，可能因為車速不快所以很少見到

有交通意外，反觀香港交通設施完備車速飛快反而交通事故頻繁。

其實在公路上最忙碌最專業最讓人注目的是那些交通警察。有的手抓螢光棒一劈，前面的來車立刻刹車不前，口中嗚嗚呱呱吹響哨子，右手不停打轉示意轉彎的車要快速通過，有時一指那個沒戴頭盔的摩托車司機威風凜凜走近示意靠邊檢查證件。遠遠看見那些指揮交通的警員像跳街舞一舉一動又似在街中央打泰拳。

其實曼谷的許多司機基本上不用考牌而只用錢換牌就可以上路開車了，所以許多司機是色盲路盲。到節假日曼谷公路便開始大塞車，及大大小小的交通事故接腫而來。

泰國確是一個自由的國度。

曼谷確是一個自由開放的大都會。

而過度的自由開放是要付出代價的。

泰國遊日誌之二

　　清晨，從酒店的視窗凝望曼谷灰白雲層下的八車道大馬路，密集的車輛奔馳各自的目的地。每次出外旅遊，每天的清早總想晨運跑步看看這個城市與別的有甚麼不同。走出酒店門口，地上濕滑一片，不冷不熱的雨水撲面而來。猶豫了一下，我還是冒雨跑去有樓簷遮雨的人行道上。

　　人行道上的商店門口，流動的小型餐車擺滿各式各樣的早餐，驟眼看有糯米粽子、咖哩炒麵、煎薄餅等。人們撐起雨傘提着熱氣騰騰的早餐、流動餐車蒸發出來的肉煙味、斜飄的細風細雨，街上彌漫着細雨霧煙的香氣。

　　泰國的宗教信仰形形式式種類繁多，大多數的宗教信仰都可以在泰國得到尊重和容納。佛教是泰國的最主要的宗教信仰，泰國的早期宗教婆羅門教由印度傳入，婆羅門是比佛更進一步的神。佛教是泰國的第一大宗教。泰國的和尚是非常受市民尊重的一種修行，泰國的和尚還可以雜食及還俗。一大早曼谷的馬路邊冒雨赤腳站立着許多穿着紅色袍子化緣的和尚。

　　泰國是一個微笑的國家，與泰國人打招呼人們都喜歡

微笑着回答你，特別是少女，臉上像開着清幽的蓮花。和男性打招呼可以雙手合拾説：沙哇 D 給。和女性打招呼可以雙手合拾説：沙哇 D 卡。謝謝説：給半給。

雨愈來愈大，我跑在離酒店晨運的馬路感覺愈來愈遠，我要問路人下榻的酒店在哪裏？我迷路了。我要説「沙哇 D 給」還是「沙哇 D 卡」呢？

「怪獸父親」與「小魔女」

　　如今的孩子確實難教。

　　資訊智慧時代的孩子，不是因為她／他調皮，而是因為她／他太過聰明，家長秉承傳統的「棍棒教育」或「打罵教育」往往適得其反而無所適從。

　　每逢學校放長假的日子正是家長頭痛的日子。孩子要上興趣班，一個星期中除了有幾個小時上興趣班，每天做一兩小時的功課後，「小魔女」便開始在家裏發悶、發癲。電腦已經上不了網，因為電腦已被她下載了不知名的網頁而死了機，準備拿去維修；父親的手機被她不停地玩遊戲玩到「跪低」動彈不得，也要準備拿去維修。她玩手機可以在傍晚六七點吃完飯後一直玩到臨睡的十一二點，而且可以邊看電視邊上網。這時「怪獸父親」便開始現形怪獸，一氣之下衝入廁所拿晾衣桿，罵聲可以穿牆，滿臉通紅，你罵她，怒罵她，爆粗口罵她「死X街！」，她一於懶理，一個人鑽入被子一動不動。有人說「子女生下來是用來氣死父母的！」，想想這句話確是有一定的道理。又說：孩子是父母的債主，今生討債來了！所以，命定，父母前世欠了子女的。當你發泄完牢騷後看看這個小冤家，原來她

已一動不動躺在牀上呼呼睡着了。

　　「幸福的家庭都是一樣的，不幸的各有各的不幸。」在香港，有關孩子的教育總會在某一天爆出令市民吃驚的負面新聞：甚麼外婆在時鐘酒店勒死上小學的多動症外孫；甚麼父母虐待四歲女兒致死案等等，鋪天蓋地、滿城風雨後又會在某一天爆出更令人吃驚的虐兒案。小女由一年級漸漸到了今年的五年級，我愈來愈覺得她一年比一年難教，一年比一年叛逆，一年比一年「魔女」。每次期終考試中文都比其他課目分數少，今次有一份中文試卷過了八字頭多一點。我便有點怒意：「爹地中文這麼好，你竟然考得這麼差。」她一聽後眼淚如湧，呼天搶地狂哭：「我不想聽！次次考不好都罵人！」有時想想女人對付男人的殺手鐧就是：「一哭二鬧三上吊」。「三歲定八十。」不明白女孩子動不動就哭鼻子，動不動就用眼淚「撻」（視）人。看見她眼淚鼻水混合成一副花臉貓，我就覺得好笑：傻仔，講下啫，唔使咁認真嘛（傻妹，隨便說說，不要太認真啦）。最多星期天請你去濕地公園啦！「小魔女」破啼為笑，將眼淚和鼻水一腦兒抹在我身上。此後，許多時候我罵她，她就笑着對我說：傻仔！有時她不吃飯還打手機遊戲或晚上十二點叫了百次千次沖涼睡覺，愈大聲罵她，她就愈嬉皮笑臉對我說：傻仔！傻仔！！傻仔！！！

其實許多時候無論是同事還是親友都喜歡叫我「傻仔」。有時我覺得自己確實是傻仔一名。

「為何女人的名字是弱者？」想起一首詩，大概意思是：老之將逝，回憶的都是孩子的哭聲和笑聲。再過不到兩年，「小魔女」就要上中學成了一名少女，再纏身父親一兩年她就有毛有翼，她也將有自己的朋友圈，對於我這個老父，她也抽身而去了。

「女大不中留，留來留去成冤家。」女兒有女兒的世界，而我也有我的寂寞。

二〇一八年四月四日兒童節

日記之一　六月五日　大雨

　　內子肚痛已差不多一個星期，六月一日她一早乘車從香港趕回肇慶，下午和我到肇慶市第一人民醫院門診看醫生，驗孕驗尿驗出呈弱陽性，做黑白 B 超照不出有顯影 B 超，在輸卵管處照出有包塊。不大相信自己，慎重起見，下午五點再到寶月公園的市婦幼保健院驗孕驗尿，結果卻是呈陰性，一時弄不明白：怎麼兩間醫院驗孕結果都不一樣？！

　　「去法院告他們的狀，醫院就是這樣往往醫死人！」內子含淚憤言。

　　六月二月上午十一時到高要醫院找彭先生（內子以前在幼稚園做幼師時的小朋友彭勃的家長），驗孕驗尿驗出來的結果是弱陽性，確信是有身孕。又抽血擾攘了半天，到下午五點半左右驗血結果證實是宮外孕。於是就決定明天在高要市醫院辦理入院手續。

　　六月二日，經過一系列的抽血、驗尿、B 超，醫院竟然得出結果：你是懷孕了，就是不能確定是宮外孕還是宮內孕！於是決定六月四日下午要求出院，明天轉到市第一人民醫院看看。六月五日上午九點三十分叫阿芝（家

姐）、姨媽（內子家姐）一起商量住院。醫院的醫生一看兩間醫院的診歷，經過一系列簡單的尿、血檢驗後，就決定在六月五日下午三點或明天做手術。決定來得突然之快，使人措手不及，內子先是驚恐、害怕，思想非常複雜。今天的天氣大雨下個不停。兩點半在回家吃飯的途中竟然下起了傾盆大雨。騎電單車時一看汽油表，汽油又差不多沒有了，趕快到軍區加油站加油。在騎電單車途中，在香港的小舅子阿雄打長途電話詢問有關內子住院的情況。又到了加油站，雨嘩嘩而下，在加油站打電話是不允許的，這臺手提電話本身在前幾天跌過，聽對方回答聲音非常細小，要貼緊耳朵認真的聽才可以聽得清楚。與小舅子談了一會，雨嗚啦啦嘩啦啦還在傾盆而下。到家匆匆吃上幾口飯，一看手提電話又沒電了，又要充電。趕忙披雨衣開電單車開入醫院，走到醫院住院部門口，老婆打電話來：我已經快進手術室了，為何你還未見出現！真是驚險萬分，竟然忘記了三點要進去手術室。於是小跑上四樓，一到十號牀位，她的一雙拖鞋在醫院辦公室門口斜放着。一問醫生：我太太在甚麼地方？醫生說：已經上了十三樓手術室！乘電梯上到手術室門口，姨媽（內子姐姐）也跟着上來了，內子因懼怕，眼淚像開了水製的水喉，哽咽着說不出一句話。我用力握住她的雙手，用紙巾將她的眼淚抹乾淨。醫

生勸她，也叫我們先不要理會，讓她自己安靜下來。任由她的哭泣嗚咽不止，護士還是「無情」地將她推進了手術室。

下午三點至四點四十分。手術出奇的快速及順利！真是「天若有情天亦老」！

看着內子臉色煞白，雙目緊閉，很安靜地睡得很沉很沉！一個人被麻醉的樣子真的很安然安靜。

（二〇〇五年六月六日深夜一點二十五分
在醫院病牀側匆匆記）

浮生半日入書林

　　人各有所好。一有餘暇，有人喜歡去酒樓飲茶；有人喜歡約上八隻腳堆四方城；有人喜歡逛街購物；有人喜歡左牽黃右擎鶯；有人喜歡涉山嬉水；有人喜歡跑步踢球……也有人喜歡關門避世，抒寫自我；也有人喜歡苦思發愁；也有人喜歡為情為愛為生為死獨上高樓；也有人喜歡偷得浮生半日閒，暫避凡塵走入舒適、安靜的場所，自我陶醉於圖書館一本本書籍的森林。

　　我便喜歡一有時間就進入舒適、安靜的香港公共圖書館。許多人都有與我一樣的興趣，君不見一大早香港的公共圖書館早已排了一條長長的人龍。

　　又到了星期天，約上三幾知己朋友到酒樓飲茶，無非是吹吹誰誰拉幫結派，或看見某某與某女人私自幽會，然後一陣哄笑。你說別人講是非，難道你不是在說別人是非？這時手提電話響了：「……，在甚麼地方？還不見你，等你許久了！」

　　「在附近，就到啦，在……」。「在圖書館裏。」話到嘴邊忙收住。朋友打了幾次電話催促，但要找的書還未找到，已經找了一小時，有點心急如焚了。

「在甚麼地方？」

「在圖書館裏。」

「以前上學有這麼勤力就不用去工廠啦。」自己無言以對，一進入圖書館像被鬼迷住一樣，想離開是不易的。

春天，淅淅瀝瀝的下着細雨，走入圖書館正好是避雨的好場所。翻開當天的報紙：情仇劫殺，燒炭跳樓，曾經是昨日的新聞，但今天卻又重複又重複，真是「九十歲都有新聞睇（看）」。為何悲劇總會發生？為何悲劇有一天竟然發生在某一個人身上？你靜靜的坐在公共圖書館的坐椅上，便可以消磨了一天的春日。

夏天，香港公共圖書館簡直是一間避暑納涼的休閒場所。炎炎夏日，動一動便大汗淋漓，出外遊玩汗流浹背，有時真是自討苦吃，不是說「比錢買罪受」嗎？一進入公共圖書館，便像吃了一杯冰凍的雪糕，飲了一罐冰涼的蒸餾水一樣，更有從頭爽到腳底的涼快感覺。進入圖書館既可以避暑，又可以捧讀自己心怡的精神食糧，先不說「知識改變命運」，也不要說「書中自有黃金屋」、「書中自有顏如玉」。進入圖書館，看自己喜歡的書，與相識或不相識的朋友見見面，便是人生之一大樂事也。

誰如果鎖住茫茫大海千百年的驚濤駭浪，使之像甜睡的嬰兒一樣，悄無聲息，那麼這靜穆的海浪可以說是圖書館最大貼切的比喻。

　　原來這幾句出自印度「詩哲」泰戈爾。於是我也重讀他的《飛鳥集》。這位對中國文學有影響的印度作家「詩聖」泰戈爾，還是首位獲得諾貝爾文學獎的東方人哩。香港公共圖書館為何這麼多人喜歡進入，其中一個原因是因為借書、還書是非常快捷、靈活。

　　當你一下火車由沙田城市廣場走出後門，抬頭便瞧見沙田公共圖書館。沙田公共圖書館雖然不算大，但你要看一般的書還是可以找到的。你找到一本余光中的詩集，這次未看完那首〈紫荊賦〉，不要緊，明天你在荃灣西樓角公園，一邊聽着外來傭工在朗讀英文，一邊看餘下的詩句。當你慢慢咀嚼詩集，有點肚餓，這時便走上天橋，買一碗生菜魚片湯，一邊品嚐魚片的爽滑，啜一口奶白色的魚湯，再咀嚼書本，到最後一句「……香港相思」，便掩卷沉思一會……看完詩集，你可以向西行幾百米，進入荃灣公共圖書館，還掉書——借書、還書就會這麼快捷、靈活。

進入香港的小型公共圖書館或許並不滿足你博覽群書的讀書欲。假如你是在九龍住的，便可以穿越維港，去銅鑼灣維園側邊，那裏有一棟八層樓高的繁華大都市思想集結點——香港中央圖書館。

　　假如你喜歡看書但還未到過香港的中央圖書館，那就好似你遍嚐海鮮，但是還未吃過三文魚刺身一樣，也就好似你生活在香港多年，但還未到過雄視維港摩天大樓的太平山頂的凌霄閣一樣；或如坐慣飛翼船往返港澳，但還未上過雙子星座的郵輪去航海一樣。

　　進入香港中央圖書館這間知識的所在地，思想的集結點，一個個靈魂在向你招喚，一個個思想在向你坦露。每一本書就是書中作者的靈魂，你喜歡書海裏暢遊，但不會被靈感的海洋淹沒，説不定還會救贖你被凡塵污染的靈魂。每一本書都是作者的思想，都是作者默默耕耘的辛勤勞動。書走入圖書館，一個個思想竟是這麼平靜，又是這麼安祥。不平靜的是你看一本書後的感慨、啟示、沉思⋯⋯

　　進入中央圖書館，如進入一片濤聲陣陣，空山新雨後的森林。那是一株朦朧抒懷情感的《致橡樹》；那是一棵失落在異鄉而忘不了故國的《銀杏》；那是一株株象徵北方抗日民眾的《白楊禮讚》⋯⋯

進入中央圖書館，你要看完當天的報紙，要用上十天的時間也看不完；你要看完當月期刊目錄，花一天時間也看不盡。在中央圖書館，有時你去聽聽作家聲情並茂講述華山論劍的金學；有時你去聽聽學者學貫中西地講解某一疾病的預防治療；有時你去聽聽畫家繪聲繪色地描繪線條組合的美麗圖書；有時你去聽聽詩人抑揚頓挫地論述繆斯的美學意義；……

　　中央圖書館，有時間你不妨去親身感受一番。

　　最近我看幾本書是愛不釋手的，多次續借又續借。向明的《新詩百問》，看了才知道新詩還有這麼多的學問，才知道自己對新詩的瞭解是多麼的膚淺；張詩劍的《秋的思索》，論述了新詩的方向及欣賞他對詩歌語言的駕馭能力；隱地的《十年詩選》，看到作者每一首詩簡約而含義深遠，在藝術技巧上卻沒有重複自己的寫作大忌；賈平凹的《賈平凹散文》，告訴我要寫出美文，就要多讀多寫，不怕多投稿，不怕常退稿。

　　偷得浮生半日閒，暫避凡塵走入舒適、安靜的場所，看自己喜歡的書報，揀選自己喜歡聽的音樂。你喜歡逛街購物，時尚雜誌任君翻閱；你喜歡遛狗玩耍，每一種狗的習性，每一種鳥雀的喜好，在書本上都會一一找到答案；你喜歡涉山嬉水，在那一排旅遊書類的書架上，甚麼大江

南北、歐陸風情，總會滿足你探險尋幽的書本知識。⋯⋯

嗨！朋友，你是圖書館中的哪一位？

回歸；深圳遊有感

　　七月一日和表弟回深圳寶安探大表弟。表弟母親和我母親是親姐妹，我母親排第一，表弟母親（我稱三姨）排第三。大表弟從商，深圳和肇慶共有幾頭家。大表弟在深圳其中的一家客廳和我住的公屋一樣大。大表弟家中收藏着許多出名的洋酒及名貴的茶葉。老表們曾一起在農村的鄉下長大，我一杯一杯喝他敬的軒尼詩，一邊笑談我回鄉下作的詩。我興致勃勃地朗讀那首〈閃逝〉。表弟聽着我吟的爛詩，一邊非常感觸，感慨時光飛逝。老表外母煮一桌有酒有雞有牛有魚有湯有菜的一餐飯，被我們詩酒一頓胡言亂語吃個精光，碟子都可以照鏡。吃飽喝足後我們一起喝老表沖的雲南普洱名茶。我慢慢呷了一口，衝口而出：此茶醇厚甘香，有山村淳樸敦厚民風的味道。此茶又是產自上乘名貴茶種用嫩蕊原料經多年封藏如今一泡而紅，只有懂得欣賞之人才會讚嘆這一名茶佳品。表弟聽後哈哈大笑，似乎找到了一個能欣賞一個商人的知音。

　　（其實我似一個「吹水唔抹嘴」（語無倫次），一個文人多大話的「偽詩人」多一些。）

　　想說，所謂詩人一世發不了達，走近有錢佬沾他的金

糠無非是騙他的名酒飲、騙他的名茶喝；我又想，難道他們有錢佬「一身銅臭」就不想沾一些文人雅興的光……

附：

閃逝

一樣的驚蟄一樣的雷聲
流水依舊
一株株禾苗靜聽山泉流淌
躺在泥濘裏反芻
黃昏的老牛
勞累過後都是休閒
浮萍從不飄泊
浮游在乾旱的淺溪
靜靜生根
漂泊邊緣城市的遊子
盯着一群黑毛鵝
兒時的放鵝聲依舊
一陣呱呱呱的鵝叫聲
童年少年青年就不見了

炮如人生

如果你能看懂「炮」這一個棋子，你的人生將不會白過。

在象棋的棋枰對奕中，炮的走法是直線行走，炮的吃子方法是要隔一個子才可以吃，俗稱「隔山打牛」。隔一個子相當於炮架，也就是炮臺。炮在縱橫交錯的棋盤上，找到一個支點的炮架，也將會發揮炮作為遠程炮彈的強大威力。炮在棋枰上發揮了其應有的功能，仿如一個人找到了發揮人生的舞臺。如果沒有平臺施展抱負，就算你有衝天炮的一身本事，最終也會落得個懷才不遇，顧形自憐的悲涼結局。炮作為棋枰中的一枚棋子，是非成敗控制在對奕者手中，不同的奕者自然演奕各自不同的人生。

在象棋中，炮的功能運用五花八門神乎其技，仿如一個人在其天賦與資質下開始演繹其精彩的人生。象棋開局系列中炮首當為第一大系列。開局有炮鎮中宮、巡河炮、鴛鴦炮、龜背炮、士角炮、過宮炮、金鉤炮（斂炮）、過河炮、邊炮等等的佈局。年青時都血氣方剛，下棋無論先手或後手都喜歡用中路炮。現今北韓的金三代血脈沸騰，特朗普稱他為「火箭人」。金三代屢試核爆、導彈頻射、

火炮齊發，真如棋枰上的架炮待射，火藥味甚濃的佈局。先手炮二進二或炮八進二巡河，象棋術語稱為「沿河十八打，敢把皇帝拉下馬」。鴛鴦炮是後手方應付先手中炮的冷門佈局。鴛鴦炮佈局是：一、炮二平五，馬8進7；二、馬二進三，卒7進1；三、車一平二，車9進2；四、車二進六（或車二進四），炮2退1……

黑炮退一準備平左翼和左翼的炮如鴛鴦貼身或如鴛鴦形影不離，集結雙炮及車馬攻擊紅方右翼。鴛鴦炮佈局也有其缺點，就是九路車於邊路不靈活。

當人到中年後經過無數衝鋒陷陣而落得個遍體鱗傷，處處碰壁便收起當初的盛火。過宮炮、斂炮、士角炮等的佈局有歷盡滄桑、返樸歸真、順應自然超凡脫俗境界的味道。如能深諳「殘棋炮歸家」這一象棋術語的博大精深，世事如棋，炮如人生，棋人合一，相信你會遊刃有餘於滄滄棋海及茫茫人海。一炮飛架南北，棋樂人生無邊。

馬後炮

在象棋對奕中，馬憑炮勢、炮借馬威、馬前炮後的「馬後炮」，是一種兇悍的象棋殺法。「馬後炮」此一殺法出現的機會較少，因為一早會被對方看穿，只要支起羊角士或將帥挪一挪位置就可化解這一「馬後炮」殺法。而廣東話「馬後炮」的意思大概是說一套做一套，做出來的結果和當初說的並不一樣，也有「事後諸葛亮」的意思。廣東話「車大炮」大概意思是吹水、吹牛、說話搭不上邊等等。

而網絡的貼文大多都是「車大炮」及「馬後炮」的貼文，即吹水吹牛說話搭不上邊的貼文（包括本人的許多貼文），或許這樣會得罪很多網友。事實上，網絡貼文大多都是隨意、衝動、靈動，喜歡寫就寫，喜歡罵就罵。只要不點名道姓，嬉笑怒罵，笑罵由人，「吹水唔抹嘴，亂噏當秘笈」，負責任的是朱克伯格，關我們網民甚麼事。

當今國際風雲變幻，每天聽新聞看新聞，看到聽到「車大炮」、「馬後炮」的政客真是見慣不怪。火箭人和憤怒的老翁隔空對罵的口水戰，又彼此不停的威嚇對方，與廣東話的「車大炮」、「馬後炮」無異。

我們工場許多都是「車大炮」、「馬後炮」之徒，或

許這就是小人物的生存之道。喜歡賭馬之人憑如簧三寸不爛之舌，天花龍鳳，可以吹到天上有地下無，明明贏了幾千，他可以臉不改容大口嘩嘩嘻嘻哈哈說說笑笑誇口說：又贏了幾十萬！明明是輸了錢又說「打和」，這樣以免被人「恥笑」不懂賭馬不懂向馬會攞錢。賭仔心態大都是「有賭未為輸」，其實小市民賭馬有幾多個發達，星期三落注幾十贏了幾百，星期日重本落幾百到最後不停爆粗：「韋達個仆街咁唔爭氣又是只跑了第三名！」「仆佢個臭街買獨贏只輸了個馬鼻！幾百蚊又去了漂水鋪了沙田馬場的草皮。」「輸錢皆因贏錢起」，賭仔心態永遠都是「有賭未為輸」，惡性循環，今日贏了一千幾百去撳鐘仔唔多覺，明天賭馬又問人借錢心癮難奈！

而說起象棋，象棋國手／高手演奕了許多精彩的「馬後炮」棋局。許多象棋高手／國手在中國大陸都會受到國人的尊敬及應有的待遇。象棋國手在不同場合都會尊稱為「老師」。而香港的詩人呢？

象棋國手楊官璘、黃少龍、蔡福如等都曾在香港生活過。在香港六七十年代的棋壇中沒有一個不會不知道「魔叔棋王」楊官璘。楊官璘回大陸在象棋界戰積彪炳，棋王魔叔去逝後中國政府在他的故鄉東莞鳳崗塘瀝興建了一座「楊官璘象棋公園」，這足以體現了政府對中國象棋及中

國棋王的重視。

　　而在香港寫詩會有好結果嗎？歷史證明，那些寫詩寫得較好的「詩人」「非傻即癲」，那些寫得「最好的」沒有幾個，如今的「詩人」相信大多都是在網絡「車大炮」、「馬後炮」的「詩人」。

　　正是：

馬後炮

　　　　未戰先練口水功，
　　　　火箭惹怒特朗翁。
　　　　馬踏敵將憑炮勢，
　　　　炮擊窮寇馬前衝。

　　　　　　二〇一八年五月二十四日

女兒叫父用「活像」一詞造句

（父）我上班的工作環境活像一個地獄工場。

（女兒）這個句子不好，不明白。你造句要讓人明白才好。

（父）當你在工場工作時你就會明白甚麼是地獄工場。你作一句試試。

（女兒）爸爸每次下班都到公園遊蕩活像一個流浪狗。

（父）我下班不是次次都到公園的。

（女兒）哼，鬼叫你每晚這麼遲回家，罰你造一句。

（父）我最近牙痛得厲害活像你一樣讓我頭痛煩惱。

（女兒）這句不明白，你牙痛和我有甚麼關係，解釋解釋。

（父）我牙痛痛了兩年到政府診所看牙，牙醫說暫時脫不了，覆診紙上寫了要等兩年，你說頭痛不頭痛？！最近我的另一隻大牙不知何故鬆動，牙肉赤痛，吃肉又痛吃菜又痛吃甜又痛吃酸又痛連吃軟的香蕉都痛，星期天去私家診所看，找遍街邊診所全部牙醫診所都休息，你說頭痛不頭痛！星期一第一時間預約告知最早都要下一個月才有

預期脫牙，你說煩惱不煩惱！打電話去政府普通科門診預約看病，打了半天對話不斷重複對唔住也預約不了看牙，你說煩惱不煩惱！

（女兒）我怎樣讓你頭痛煩惱？

（父）煮好飯叫你出來吃又不出、一條很鮮美的魚你說不吃就不吃、喝湯湯裏不可以有湯渣、吃完飯叫你沖涼你又不沖、吃完飯叫你洗碗又不洗、說你兩句又說我煩……

（女兒）你好煩！爹地活像一個大煩友！

對話

女人是甚麼？不知女人想甚麼？

男人是甚麼？不知男人想甚麼？

我是問你女人。

已經答了你。

放屁！這就是答案？！

沒錯！

何解？

女人和男人都是一樣。

一樣甚麼？

女人心海底針。

何解？

女人心，心不見底，然後用針針死你。

嘻！是這樣理解的嗎。那麼男人呢？

男人心比井深。

何解？

落井下石，用石擲死你。

嘻！是這樣理解的嗎。

那麼，你的高見是？

沒有女人就痕，有又困。

何解？

沒有了女人，男人渾身不自在，全身痕癢；有了女人就困身、困惑！

嘻！

老榕樹

──兼懷父親

　　長壽的老人是一棵孤獨的老榕樹。

　　你要向前走啊，一個柱着柺杖顫顫巍巍向前挪步的一個老人，一個外傭扶着他彎曲的身體。老榕樹吸了一口冷氣，只是一陣微風便吹落一地如游絲般的黃葉。

　　你不要再往回想，過去就讓它如風般飄逝吧，撩起過去的紛爭就如綁住你雙腿令你動彈不得的大石頭。長壽是一棵孤孤獨的老榕樹，你走在這棵老榕樹下，見慣了斑鳩依然咕咕地在樹枝上撲騰，渾渾噩噩不知道炎熱的夏天將會有暴風雨的來臨。

　　你不要再往回想啊，寧靜的老榕樹，寧靜的風，寧靜的急速奔忙在公路的汽車聲，你靜靜的坐在這棵寧靜的老榕樹下。一陣花的香味飄來，你偶而憶起老榕樹身邊夭折的兩棵洋紫荊樹。在這個公園廁所側邊的一棵洋紫荊，逢每年的十一月至來年的三月，每天都是綻放不完的一朵朵嫣紅奪目的紫荊花，芳香撲鼻的一樹繁花在空中飛舞慢慢墜落而飄滿一地。如今這棵每年飄香的洋紫荊如一個早夭的少女，淒淒青草淹埋着她年輕的墳頭。另一棵洋紫荊樹

在這個公園馬路邊梯級的斜坡上。每年的春雨驟降，濕潤的雨水滋潤着嫩葉的瘋長，葉是花，花是葉，飄飄蕩蕩的落花覆蓋着躺在地下的一個露宿者。如今這個露宿者已經幾年不見了，而又不知甚麼原因，這棵每年繁花吐豔的洋紫荊竟如這個流浪漢一樣消失了蹤影。或許露宿者已經找到了一個溫暖的家，而曾經年年樹放千花的洋紫荊只剩泥土下一塊被截去樹幹如墳頭的樹樁。

　　這個世界是留不住你的，要離去總要離去的。你不要再往回想，一個彎着腰柱着枴杖的老人。一季一季風吹滿地的黃葉，一頁一頁的年年歲歲，靜靜坐在老榕樹下的一個老人，你要向前看啊，頭頂片片綠葉穿透盡頭是無盡的藍天，而老榕樹下玩滑滑梯的小兒已經一天天長大成人。

二〇一八年四月二十八日

散文 vs 詩歌 vs 小說

散文和詩／詩歌有甚麼分別？

散文和小說之間又有何距離呢？

我曾經被五四時期的文學作家石評梅的散文（其實是散文詩）〈暮畔哀歌〉深深吸引，而且百看不厭。散文這個文學體裁，古代和現代的定義都不同。古代除韻文外其餘文體都稱作散文，比如諸子百家的作品、司馬遷的《史記》、唐宋八大家的散文等等。而現代散文的定義卻有許多不同的分類，雜文、報告文學、散文詩、口述文學等等都不歸入散文這一文學體裁的分類。

詩人常說寫詩要真，語言要真，為人要真。而散文何曾不是？！有寫作人說：因為散文的真，所以怕戮破別人家的私事而不敢去寫散文。其實寫散文和寫現代詩都一樣，題材（內容）沒有窮盡，技巧（藝術）千變萬化。寫散文的方法如：用散文夾敘詩、意識流、流麗的文字、小說式的人物刻劃、夾敘夾議、抒情的哲理、敘述的轉折等等。而寫現代詩的寫作技巧也不會比寫散文少。但我總覺得一篇散文總是有一個內容在裏面，總會知道一篇散文在說些甚麼。而許多現代詩並不知道裏面說些甚麼，並不知

道裏面有甚麼內容，有時看一首現代詩簡直如墮雲霧中而不知所云。

詩都是年輕的，但也有中年甚至是老年也會寫出厚實大氣的詩作。

許多寫作人都這樣概括：年輕時寫詩意氣風發；中年寫小說功力淳厚；而散淡閒適的散文就留待老年抒寫吧。

而現在我踏入中年確實迷上了散文，難道是老成持重還是未老先衰？

說起小說，它確是和詩歌、散文有很大分別的一種寫作文體。小說主要要素是情節和人物，要寫好小說確實涉及很深的學問。

小說、散文、詩歌三種文學體裁在社會的功效都不一樣。散文遍佈各類文章，詩歌因為短、平、快，更適合一些結社聚會而釋放豪邁的激情，而那些豪情萬丈的抒情卻是人生快意的一種享受。好的長篇小說由於情節內容的吸引而拍成電視劇和電影受到觀眾的追捧。有時看到（其實許多時候都看到）作者簡介欄有詩人、小說家和作家的同時排列，其實「作家」這個頭銜可不要輕易寫出，須知「作家」這個頭銜要懂得寫多種文體，如蘇軾是一名大作家（大文豪），因為他會寫詩、詞、賦、散文，而李杜只能寫上是一位「詩人」。在中國文學史中，明清以前小說

這一文體不是主流文化是邊緣文化。在清朝以「文字獄」盛行的朝代，寫小說而獲罪是微乎其微，甚至沒有，因為在當時小說並不是主流文化。《紅樓夢》的後四十回是不是因為文字獄而被燒毀？據大多學者考究，《紅樓夢》的後四十回極可能是在乾隆年間編《四庫全書》時因為不入流而被編者燒毀。「學而優則仕」，士大夫的學問首先要懂得寫詩。宋朝是以「崇文偃武」而文化空前繁盛，因為「崇文偃武」國家在軍事上漸漸積弱而被外族欺凌那是另一個話題。

詩人和小說家在中國文學史中誰更偉大？在中國文學史中有沒有寫作者的頭銜是詩人、詞人、詞曲家、小說家、園林學家、文學家等等呢？有！在清朝到今天二百多年的文學史中無人替代集文學藝術價值成就最高的一本小說巨著──《紅樓夢》的作者，曹雪芹。

「無為」小議

　　老子的「無為」與莊子的「齊物」一脈相承。不要看輕「無為」兩字。比如工作，同事間的是是非非，不關你事就不要八卦多理。別以為說別人閒話，空穴來風以訛傳訛，細聲說大聲笑是女同事的專利。不是的，有的男同事比女的更喜歡搬弄是非，用「把口臭過屎」形容也不過份。如你能看懂「無為」兩字，專注於工作，日出而作，日落而息，不關自己的事不理，便少了許多煩惱事纏繞。在家庭上，「無為」卻是個大學問。現在的小孩聰明絕頂，但我行我素、不聽管教，使家長常常頭痛煩惱。學校老師已多次警告四年級以後的孩子不可以打罵。別說打了連罵也不可，這是甚麼道理，但卻是事實。以我經驗，教育女兒常常會想起「無為」兩字，即是一招不成又出另一招，你不聽話乾脆我不出聲，慳番啖氣暖胃，你不吃飯乾脆我自己吃，有人說「被仔女激到嘔血」，這話一點也不假。

　　《逍遙遊》大意是，真正的逍遙者，追求的是一種超越時空限制的自由，是「乘天地之氣，御六氣之辯，以遊無窮者」，應當達到無己、無功、無名的境地。

　　話說回來，無為未必十全十美，例如今天的鄰裏之間

「十年鄰裏無人問，對面相逢不識君」，與老子的「雞犬不相聞，老死不相往來」中的「無為」是否有些說不過去呢？

年輕的女人

　　每逢下班到超市購物必定是幾條長長的人龍等着埋單。有幾個年輕的女人在揀標有四個十七元九角的一大堆大大個黃澄澄的新鮮美國橙。其中一個年輕的女人從這一邊轉到另一邊，又從另一邊轉到這邊。每次將一個橙按按、不停的轉動、用拇指壓壓，然後用手將橙拋高。這個年輕的女人揀了十個八個橙舒了一口氣，才將一個橙慢慢放入保鮮袋，方有心意滿足的感覺。有時想年輕的女人擇偶也是不停的思量、打量、商量，有句俗語叫「千揀萬揀揀個爛底橙」，想必此話曾應驗在某類女人的身上。我還在排隊等待埋單，看見這個年輕的女人揀橙又拋、又捏、又壓、又不停從這一頭轉到另一頭，好不容易揀了四個「心滿意足」大大個、黃澄澄、又飽滿又結實的，以為她會像揀了夫婿一樣滿載而歸，但不知為何她突然將保鮮袋裏的四個橙一下子全倒回去，然後甚麼也不買，在收銀處櫃枱側邊通道內閃出了超市門口。

刊於《字花》二〇一八年十一月號

書啊書

女兒升學，家裏搬出一大堆書。

書，識就是寶，不識就是草。

我出了新書，給了一個女同事看，她說，送一本給我吧。我說不送要買，她第一反應就是：我不要！我不識字！書裏又沒有公仔（圖像）看。我說有插圖是畫家畫的。她就是十分肯定的說：不要！不要！不要就不要直接了當快人快語，我喜歡這樣直腸直肚的性格。但有些同事當面口口聲聲說喜歡說支持買一本，但背後卻一點也不喜歡，而且從沒有想過買你的書。之不過，有許多同事還是買了我的書，使我甚感欣慰。

平時看有的同事不是八卦就是小氣；不是遲來早走就是專佔同事便宜，但自從他們買了我的詩集後總覺得他們樣樣都是可愛的。可能在詩集中有寫我的心事他們知道一二，所以如今很少向他們發脾氣，而且有求於我也盡量滿足他們。

嗚呼，難道這就是所謂寫作的正能量？！

話說回來，我租了一輛手推車，輾轉運書到廢物站，一稱之下有六十公斤。你估值多少錢？

每公斤五毫。

得三十元。

半路撞見同事清潔阿姐，她說一般回收書籍會賣貴一點，每斤可賣七毫，也就是每公斤書可賣一元四毫。真是豈有此理！這簡直是欺人太甚！算了，不計！

話說回來，廢品站一堆堆書籍如山，出過書的看了心驚膽跳。原來書就是這麼下賤不值錢！

各位看倌，假如準備自資出書的寫作人，是否考慮：

書原來是這麼不值錢！

正是，所謂書：識就是寶，不識就是草！欣賞就是知識，不欣賞就是垃圾！

嗚呼！書啊書！

二〇一六年七月二十八日

消失的工廠大廈

　　一座工廠大廈在噠噠噠的機器拆樓聲中悄無聲色地變成了平地。一幢圍着竹排交織紗網的工業高樓正在改裝成一座酒店。一座工業大廈的地庫散發出一陣陣咖哩酥味，如今聞不到了。一座大廈地庫的逼仄小屋門口躺着一個以工廠為家，頭上捲着頭巾、穿着灰黑長袍的濃鬚老漢不見了。一條打磚坪街如堆積木般砌起的一座座工業大廈大多都人去樓空。午飯時間的茶餐廳門口等候用餐排長龍人潮如湧已是記憶所及。一個輝煌的工業時代即將終結。

　　紅綠燈閃爍下的黃色斑馬線匆匆的腳步日夜奔忙。站在工廠大廈向山上望盡是連綿不斷石屎森林的公共屋邨。電子、製衣、印刷等等職業的式微，雖安居還可以樂業嗎？一座座空置的工業大廈佔據着城市的晨光與星空。和宜合道側邊那些為兩餐奔波，住在擠逼劏房的籠民日日夜夜夢着一個舒適的家園。這個城市的和宜合道被揚塵的跑車日夜輾過。

　　　　二〇一六年一月三日星期日　葵涌麥當勞窗前

刑先生

　　新來的刑先生，五十多歲，大約來了一星期吧。當初我以為他做不了一個星期。小休時，刑先生一進入廁所就大聲說：香港不好！香港不好！（用不太純正的普通話說），很辛苦哩，我已經來了香港兩年，香港一點也不好，大辛苦了！

　　刑先生租住唐樓九樓，原先分到公屋住東涌，嫌離市區太遠不去。快到下班時刑先生和我一起去倒垃圾。他兩眼通紅，好似昨夜哭過；雙眼圈灰黑，嘴唇緊閉不大開口說話。他聽廣東話只會聽到半明半白，是浙江紹興那邊來的，也就是魯迅故鄉那邊來的。

　　「香港一點也不好！香港現在不好啦，慢慢會差下去，還是大陸好，我們很多工資都有四五千哩，你以前有多少工資？」

　　「二三千。」

　　刑先生工作一點也不開心，勉勉強強才可以做下去。初來工場時因為主管給他一對舊同事穿過發黴發黃的水鞋穿，又加上他穿涼鞋上班，腳汗加上鞋臭，一到吃飯時，腳臭熏天，眾同事立馬就退避三舍，雞飛狗走。

「很難頂！如屍臭，如死老鼠般臭，比死老鼠還臭，屙屎的屎還好過這些臭……」

我有點不明白，腳臭竟然有如此般的難聞，真是連隔夜飯都要嘔吐出來。嗚呼，刑先生一進入這個工場真的夠慘（臭）的了。後來主管洗了一對舊水鞋給刑先生，這也是一對剛來不久就辭工不幹的舊同事穿過的水鞋。

刑先生可以在這間工場做下去嗎？只會聽半明半白的廣東話可以做下去嗎？年齡五十多歲，來了兩年香港的外江佬可以在這個超辛苦的工場做下去嗎？

第二天刑先生就辭工不幹，不見來上班了。

斌仔

「斌仔怎麼又放假了？」

「斌仔辭工了！」

有點愕然，不敢相信。

斌仔在工場工作了差不多三年。阿斌，同事都叫他斌仔。名字後帶「仔」的男子通常都是勤力、「抵得諗」的代名詞。比如華仔（劉德華）、偉仔（梁朝偉）、輝仔（張家輝）、古仔（古天樂）等等。工場早上八點半開工，斌仔八點就開始工作了。工場倉務員是很難聘請的。高高大大、白白淨淨的，未必手有力。高高瘦瘦、勤勤力力的，未必有持久耐力，幹不到半天就已筋疲力竭。有的高大雄武，話頭醒尾（靈活善變），可惜與阿大（主管）不和，如諸葛恪功高蓋主，也落得個慘淡收場。斌仔幹活從不計較，阿大叫做野從不咿呀推搪，基本是最早一個開工最遲下班的一個員工。斌仔辭工當然是老闆的一大損失。長工辭工要繼續做多一個月，大多數同事辭工總是張張揚揚，對所謂的工場陋習說三道四，也從此不再加班，稍有指使便瞪大雙眼，好像在說，我都辭工啦，關我鬼事！斌仔辭工，他自己從沒提起，從辭工的前一天，斌仔工作都是如

如常常，低低調調，從不張揚。斌仔這樣的倉務天才，到哪裏都搵到食。

反觀自己有時總是動氣而沉不住氣；有時「事無不可對人言」，過猶不及便張張揚揚。

斌仔，你的的確確給我上了一堂為人要低調的人生一課。

天水圍內一「詩瘋」

文：岑文勁

採訪者：李華川

天水圍詩——給李兄華川

邊城移居總是新，
三口成鬼甚悲憐。
塵網穿龍自由行，
一方天水一奇人。

天水圍，曾稱為「悲情城市」。電影導演許鞍華主導的電影《天水圍的日與夜》誕生了香港電影金像獎女主角演員鮑起靜。母親綑綁子女同赴黃泉，天水圍三母子跳樓案曾轟動一時。如今政府在天水圍興建了商場、醫院、圖書館等一系列配套利民設施，天水圍民情已大為改善，但亦衍生許多新移民靠領取「政府綜援」而成了生活懶人。

李兄華川，現住天水圍，基層詩畫作家，香港基層工人三詩人之一。三詩人中，鄧阿藍提倡「詩貴含蓄」，詩

質濃鬱，刻意苦吟；陳昌敏詩意率性，詩篇靈動而富現代、生活氣息；李兄華川能詩，詩意淺白而富哲思；能畫，水彩、鋼筆、水墨畫樣樣皆能；能文，小說、散文、評論都有佳構。一個基層工人工作營營役役，養妻活兒殊不容易，又為藝術不追名不逐利，難能可貴，堪稱基層工人追求文學夢的典範。以此，李華川可稱香港文壇畫壇奇人怪傑。但為甚麼又稱他為「詩瘋」呢？

與華川兄初在網絡認識，互相交流，原來雙方既是基層工人，又對古詩及現代詩有共同的愛好。共同對文學的喜愛，在網絡的暢所欲言吸引着彼此見一面的想法。在網絡看到華川兄有許多自稱的「怪談」、「怪論」、「詩瘋」等的網誌，所謂文人的不平則鳴。與文友相聚跟華川兄接觸，使我吃一驚的是現實的他竟是低調、隨和而謙遜的一個文人。

《工人文藝》擬採訪基層工人的作家為主題徵稿。岑文勁既是一個基層工人，又是一個文學雜誌編輯，恰巧李兄華川又曾編輯過文學刊物，如今他也是一個基層工人，想必話題雙方都會感興趣。

（岑）：岑文勁
（李）：李華川

一、

　　岑：我是一個地地道道的基層工人。工廠裏的同事之間有文藝嗎？答案是肯定的。其實工場／工廠裏的每個同事說話都深藏文藝，只不過寫作人有意篩選，有時連寫作人都驚嘆同事話中的深刻含義了。

　　文字學及圖畫的線條美；文字學及美術的結緣能使文藝相得益彰，如魚得水。曾經有一個畫漫畫的新同事，可惜做不夠一個月就辭工了。我給了他一本《工人文藝》，他也很驚奇一個雜工竟然是「文化界」。至於在工人推廣他們的文藝創作，我覺得一點也不容易，因為有的同事雖然接受過大學的高等教育，但他們對寫作一點興趣都沒有，他們大多的興趣是炒股、賭馬、上網做低頭族玩遊戲等等。每次告訴他們我能發表作品，他們第一反應是：有稿費嗎？其實許多文刊發表作品是沒有稿費的，我也覺得很無奈，但不知為甚麼還會堅持下去。

　　甚麼是工人文藝？工人有文藝嗎？《工人文藝》應怎樣推廣？想聽聽李兄的意見。

李：在工廠裏，是沒有人和你談文藝的，有工人看書，都是武俠小說，又或者是一些通俗的流行小說，工人喜歡看八卦雜誌，很少見到工人看文學書。如果你說你是一個詩人，一些工人會嘲笑你。有時遇到一個文化高一點的工人，都是看看武俠小說而已。

文藝在工廠裏都不存在，工廠生活沒有人會想到文藝這回事。如果想在工廠裏推廣文藝，廠裏首先要有個領頭人，如果得到廠方支持會更好。在廠裏推廣文藝，要摸清工人的興趣才行。

《工人文藝》推廣，要搞些活動，引起工人興趣，就可以慢慢進行。《工人文藝》應要深入藍領，只單靠外圍推廣，起不到很大作用。在工廠區裏推廣文藝的確困難，在工廠裏推廣文藝需要長遠計劃和時間。不是你給他一本《工人文藝》，他就喜歡文藝，最好由幾個志同道合的工友在廠內做起，與工人多溝通，慢慢引導工人走向文藝，這需要耐性和時間，不是一朝一夕就能成功，事情不是那麼簡單。

如何推廣《工人文藝》？工人下班時間，在工廠區內派發傳單，搞一些工餘文藝活動，例如文藝旅行，那是非常重要。或者搞一個工友文社，維繫工人，不過，那些搞手們就要犧牲很多付出很多了。

二、

岑：是否有「工人詩人」這一名稱？

對於「工人」這一定義，有不同的詮釋，有的説「凡勞動者都是工人」。我認為工人這一定義有廣義和狹義之分。狹義的工人定義為：首先是從事體力勞作的基層勞動者；其次是大多數基層勞動者收入是偏低的；最後是受教育的程度並不高，大多都是未受過大學以上學歷的教育程度。我所説的工人就是狹義定義的工人。你認為怎樣？

李：如果一個工人喜歡寫詩，當然可以叫工人詩人。但工廠沒人這樣叫法。

廣義上，工人不一定是指工廠工作的人，例如清潔工人，酒樓雜工，甚至各行各業裏的雜工，都可以叫做工人。不過雜工都是指低收入的工作者。

雜工是實實在在的勞動者。我也曾在工廠做過雜工，整天在廠裏拉積車，運包裝貨，運卡板，一天在廠裏上上落落幾十次。

三、

岑：你是一名基層工人，營營役役，既寫作又畫畫，怎樣兼顧寫作及家庭的關係及時間？工人應如何創作？

李：在現實生活，各行各業，每個打工仔都是營營役役，每個人都有自己的興趣。

我的興趣主要是文學和繪畫。都是業餘。所有興趣都是放工後回家進行的。

我不創作時，就會看書，每天計劃好自己的時間，就不會影響到家庭。

有條理分配好時間，是沒問題的。

四、

岑：如今社會是一個資訊爆炸的時代。智能手機及互聯網的普及，網上寫作比紙印文刊來得方便快速和輕而易舉。網絡的社團文學令人目不暇及，堆積如山有濫作之嫌。有的寫作者因為難以找到作品發表的平臺，所以很少投稿文學刊物。在互聯網「自由創作」似乎找到了寫作的平臺，但因為日積月累的稿件不知某一天在螢幕上消失無

蹤了。對於網絡，網絡文學，網絡是否可以代替紙質印刷的文學？你認為怎樣？

　　李：網絡文學和印刷文學根本是兩回事。網絡文學當然不能代替印刷品，網絡是另一個世界。分別就是網絡文學沒有編輯，完全是作者自主，所以，網絡上出現的作品多不夠水準。近年網絡上出現大量寫作人，寫甚麼都有，那些中文不是純文藝的中文，中英夾雜有，中英加廣東口語又有，也加入很多潮語，實際上是不倫不類。

　　喜歡文學的人，文字稍好一點，因水準不高，不能自我判斷作品好不好，就貼上網，所以會看到很多劣作，網絡文學沒有編輯監察，一篇作品完成，就貼上網，造成水準參差不齊，是主要原因。我提意網絡作者，做好把關工作，不要那麼容易讓一個作品放上網，編輯自主很重要，這是對文學的態度問題。

五、

　　岑：寫作是一項腦力勞動，文學作品是一項複雜的創作過程，例如靈感須要捕捉，題材須要不斷挖掘等等。有人說文學評論是第二次創作，不涉及全創作過程，我自己

認為文學評論有鑑賞和批評的兩大作用。鑑賞才知道作品存在的意義；鑑賞才知道作品的美學意義。而批評才知道自己的不足；批評才知道總結得失的必要。但批評總會涉及作品以外的傷痛，怎樣把握筆鋒的尺度，確是文學評論人不易做到的。看看你的意見。

　　李：關於文學創作問題，題材是怎樣來？靈感是怎樣來？我自己的經驗，題材和靈感都來自生活，很多時與個人際遇有關係。就以我的創作經歷來說，題材都來自觀察，那是日常生活觀察，不是你坐在家裏，題材會來找你。每日我們都遇到很多事。總有一兩件事令你印象深刻，但這一兩件事是否就可以成為創作題材？不一定。

　　我自己的題材大部份是突然而來，即使是生活裏平凡的事，突然有所感觸，突然有所感覺，於是靈感突然出現。所以，我不是常有作品出現，加上我嚴格把好自己的關口，不容易放出作品。

　　談到文學評論，它也是另類的文學作品，評論就是藝術的再創造。評論就是判斷與鑑賞。評論主要是針對作品，客觀論評，有識見的評論家都會這樣做。

六、

岑：漢魏時期的三曹文學，其中的人物曹丕曾在他的文學文論《典論‧論文》中論述文人相輕的現象。文人相輕也是如今文學的普通現象，怎樣才可拋開個人成見，使現代文學沿大方向匯集正能量？當一個寫作者寫到一定水準便對自己的作品感覺良好，這也無可厚非。其實，華川兄你覺得自己的作品有哪些是滿意的？例舉一些作品，略作分析，好嗎？

李：文人相輕，是個沒法解決的問題。古今中外文壇都有出現，是個死結。每個作家都會看好自己的作品，文人相輕只是互相貶斥，這毫無意義。就留待歷史判斷吧！

結尾

李兄華川自認「李瘋子」，或許追求藝術難免進入忘我的境界，忘我便瘋狂執着；或許為文者漸次煉達不屈不撓的骨氣，不屈不撓便癲狂如一；或許藝術家有不為名不為利寵辱兩雙忘的氣節，不為名不為利才如「瘋子」般瀟灑人生。

如此，你覺得他是真瘋子嗎？

二〇一五年七月十四日

附錄：李華川簡介

李華川，本名少華，一九五一年出生於廣西梧州。一九六二年到香港定居。一九七〇年入讀香港美術專科學校，早年寫過美術批評和戲劇批評，曾用「香江小生」之筆名寫過漫畫和怪論。一九七〇年開始文學創作；在文壇一向我行我素，不群不黨，而且對自己創作有很高要求。個人著作有散文集《列車五小時》（一九八三年）、散文小說評論集《李華川自選集》（一九九五年）和詩集《詩感覺》（一九九八年）。

鋼鐵與柔韌

——與文藝紮鐵工人「河馬」對談

人物自述

劉庚豪，別號河馬。一九五一年生於印尼，隨同父母於一九五九年舉家自費歸國，返抵後一直居住在廣州市郊。一九六九年命運被拋向遙遠的天涯海角——海南省樂東縣（黎族苗族自治縣），在當年的中國人民解放軍廣州軍區生產建議兵團三師十六團，作為所謂知青兵團戰士，在那難以言狀的墾荒歲月裏，扛着鏽鋤修補地球足七載之久矣！直至一九七六年才獲批來港近半個世紀。香城生活之中，先後做過染工、運輸、紮鐵。一家四口現居住青衣公屋。

前言

晨光映照一條金色的海濱長廊，晨運的人們陸續來到；公園內廣場裏師奶阿婆劈啪聲聲舞動紅色扇；長衫長者一招一式地打着剛柔並濟，方圓吐納的太極拳；鳥語枝

頭，一陣陣花香撲鼻而來；長廊外萬頃波濤，遠洋貨輪載沉載浮；飛艇剪海，舢舨搖蕩，堤岸白浪翻滾；城外一橋雙線，橋的上層，藍色機場快線列車呼呼駛入城中，橋上兩邊鐵路列車來去疾馳。抬望眼，藍巴勒海峽對面看到荃灣的最高建築大樓——如心廣場。

今天約好了要採訪一個文藝工人，一個喜好書法詩詞的文藝紮鐵工人，他的名字叫河馬。「河馬」使人想起非洲大草原一種龐然大物的動物河馬，此動物張開露出尖利牙齒可以吞下鱷魚的巨口，而牠的性情又十分溫順。我不知道他的真實姓名是甚麼，只是從《工人文藝》的來稿中看過他的書法及用書法寫來的稿件。河馬的工作是地盤紮鐵工人，我是一個食品工場工人，文藝工人的定義對不同的人有不同的理解。大概我和河馬都是基層打工仔，學識不多而又喜歡文藝，大概這就是文藝工人的共通之處吧！早出晚歸，同事的爭吵、小圈子的疏離、仇怨、厭惡性工作、主管上壓下欺、肌肉拉傷、針灸、覆診、流血的刀傷、碎裂的手指等等，沒有經歷過當然體會不了作為工人感同身受的味道。

採訪前與河馬在電話中對談，對方傳來輕柔慢條斯理書卷味甚濃的說話，很難想像河馬是一個工作時天天面對的是粗硬鋼筋的紮鐵佬。

今天我一大早就來到了青衣，在青衣碼頭附近的一間速食店等河馬的到來。從河馬寄給我的書法作品中，感覺他的書法根底深厚。河馬的書法不僅能楷能隸能行能草。他的楷書字正方圓、點畫工整有顏真卿的筋力沉穩的味道；他的隸書有蠶頭剛健、撇捺開闊、燕尾飛揚的美感；他的草書有筆斷意連、氣脈揮灑、字體飄逸的感觀享受。很難想像一個地盤紮鐵工人每天營營役役，手停口停，工餘時間還是那麼喜愛文藝、喜歡傳統文化的精粹——毛筆書法。

第一次與河馬見面，感覺與他在電話中給我的想像大不同，原以為他是一個粗粗壯壯，黑黑實實的紮鐵佬，見面看見他粗壯還是有的，但膚色並不黑。一提到文藝，兩個人開始滔滔不絕。談話時我們先切入幾個話題：

一、工人有沒有文藝？
二、工人用甚麼方式消遣工餘時間？
三、辦一本以基層工人／打工仔為內容的文藝雜誌《工人文藝》有甚麼作用？

（岑）：岑文勁
（河）：河馬

一、

　　岑：工人確實有他們的另類文化，其實工人並不喜歡文學，更加對文學有抗拒之心。你會發覺與同事之間的交流都會聽到許多語出驚人之言，而且幽默風趣佳句迭出，常常令人捧腹大笑之餘沉思內裏的涵義。而作為寫作人稍稍加工潤色同事之間的對談，或成一首首寓意深刻的現代詩，或成一篇篇娛人娛已的小小說題材來源。現在同事休息時彼此之間已經沒有對話的交流，一到小休時間同事都打開螢幕，對着小小畫面的螢幕或哈哈大笑或自言自語或放聲高歌或靜靜用手指點撥。看着同事們對着智能手機忘乎所以完全墮入了另一個虛擬的螢幕世界，對於文藝的興趣早已拋到九霄雲外。但我總認為，文學對於一個社會作為人的精神生活是不可缺失的，缺乏精神寄託的人仿如行屍走肉無靈魂肉體。文學的種類繁多，工人文學作為文字學問的抒寫是不可缺失的，這也體驗了文學的多元性呈現。對於工餘時間有的同事下班就回家買菜煮飯、照顧子女、關顧家庭，有時間就上上網；有的同事一星期賭兩次

馬，小賭怡情「有賭未為輸」，馬經、騎師是他們見面傾談的開心話題。所以大多數的工人都不關心文學，曾經有過的文藝細胞隨着遠離文學的環境而漸漸消失無蹤。工人喜歡寫作的可謂鳳毛麟角。工人文學體驗文學的多元，怎樣在基層工人中推廣《工人文藝》？

雖然道理很簡單，但做起來也不容易，或許應多從鼓勵基層工人寫作；基層打工仔來的稿應優先發表在《工人文藝》上；《工人文藝》的內容多一些打工仔題材的元素，例如基層人物的圖文、打工仔權益問答、有關低下階層人物的漫畫、書法、繪畫等等。

河：我們地盤工人其實是一支不文化隊伍，辛辛苦苦工作為兩餐奔波勞碌，曾經有過的文藝愛好也會漸漸煙消雲散。地盤工作有淡季旺季，淡季往往左右工人的情緒。我們地盤工人大多不喜歡加班，雖然加班有「補水」，但錢永遠賺不完。紮鐵是血汗錢，六、七小時後超體力勞動的工作已是將身體幾乎透支，有時為了趕工一星期加班一兩天是逼不得已，老闆也不喜歡工人加班因為補水會很重。

二〇〇七年八月初至九月中紮鐵工人大罷工歷時三十六日，那時經常超時工作，工資又一年年不升反減。

我們的忍耐力已經到了臨界點，日薪一年比一年少，我們要求日薪回復十年前的九百五十港元，但最後談判以日薪八百六十港元及八小時工作達成共識結束了那次工潮。如果將這段工潮用文學形式紀錄就是工人文學了。

對於工餘時間的消遣，其實大多數工人都一樣，下班飲飲啤酒，每星期賭賭馬。而我和你是另類。我一下班就練書法，是無師自通，沒有甚麼老師指導過。學書法能陶冶性情，先臨摹碑帖及名家字體。顏筋柳骨、趙孟頫的六體千字文、王羲之的行書、魏碑漢隸。一下班就手不離筆，是一種興趣，興趣是一種毒，「毒癮」發作便忘乎所以，一發不可收拾。書法使人寧靜致遠，字體的變化多端，寫楷書有如靜若處子；寫行書時有如動若狡兔；寫隸書時方圓沉穩，撇捺開闊。雖然學藝不精，但可以陶冶性情，修心養性。我有時也寫寫散文、新詩，實在是練筆獻醜獻醜！

河馬的詩歌

節錄自：《悲壯的哀歌——為撲救淘大工廈火災義勇捐軀的兩位消防隊目謳歌》／河馬

一隊幹練的消防好漢
肩負着神聖的使命
拖着疲憊的身軀
日以繼夜地危立災場，勇敢地撲救，
眼前這場罕見的頑火！

當人們還在安逸地休眠，被酣夢引遊，
啊！你可愛的美睡，
他——
卻在那危及市民生命財產的火場，
揮灑地迎戰無情的烈焰！

為了你們能安睡；
為了你們生活得更寧靜；
為了這都市綻放充滿魅力的色彩！
啊！年青的生命，
義無反顧地豁出去，多麼地豪邁！

（此詩的全文曾刊於《工人文藝》第十期第四十一
頁）

筆者的簡析

　　整首詩看下去都知道作者所要表達的內容。簡單直接，有時一首詩太多意象的堆砌反而看不出詩的題旨。此詩強烈表達了作者內心洶湧噴薄而出的激情，詩確實需要激情的元素，而詩的激情卻能感染讀者閱讀的情緒。一首詩表達了內容而又抒發了強烈的感情，謂之詩的抒情性。作者對這首詩的抒情性體現在詩的第五節上。最後一節來一個欲言又止，言不盡而意無窮，謂之詩的留白，體現了作者深曉寫詩之道。

二、

　　岑：如今建造業的地盤紮鐵工怎樣？一個月開工天數足不足夠？聽說政府勞工處今後可能引進外勞？如今政府未來基建有甚麼項目？對於強積金對沖機制、全民退保、標準工時立法的議題有甚麼看法？

　　河：這個社會是一個很多弊病的社會。政府說要延長退休年齡卻又設置年齡障礙。我剛去了私家醫生診所做一次身體檢查，醫生開具證明證實我身體合格可以從事地盤

工作，把證明拿給僱主看，第二天僱主就打電話來說劉生不用上班了。你說氣人不氣人！如今許多地盤工地都有黑箱操作，有許多地盤工人是外勞，許多為勞工出頭的社團是明知而故不出聲的。一邊說勞工短缺，一邊又設置工作年齡障礙，一邊又去聘請外勞。你說這是不是很諷刺？！說起「強積金對沖機制」，以前實施都是向僱主的一邊傾斜，基層打工仔唯有「啞巴吃黃蓮，有苦自己知。」我六十五歲到了退休年齡被公司辭退，老闆將我的強積金供款對沖了遣散費和長期服務金。如今政府報告說要取消「強積金對沖機制」，在今年（二○一七年）六月底敲定是否實行。希望能夠實行，對勞僱雙方都會是雙贏局面。

說起文學，我們基層打工仔不要說對文學、文藝不感興趣，其實對自己基本的打工仔權益大多都是漠不關心，有時似懂非懂，所以關鍵是為基層打工仔出頭、發聲的勞工團體為我們撐腰！如沒有為基層打工仔發聲的政治團體，我們應得的權益就得不到保障。（筆者感覺河馬不僅是一個基層文藝紮鐵工人，而且對一些打工仔權益的認識也很深入。）

說起「全民退保」，你說這個政府荒唐不荒唐？！政府要取消「全民退保」，我想知，退休後由誰去養我？

岑：退休去老人院。哈哈！

河：去老人院都要資本，我想出來社會工作，政府又設置年齡障礙，一個成熟的公民社會，退休福利等於零，說甚麼要為下一代着想，下一代是下一代的事⋯⋯

岑：我還未到退休年齡，未知其中的利害。「全民退保」有利有弊，現在勞工、僱主、政府三方還未達成共識。

河：對於標準工時立法現在勞資已經退出了談判，好像不了了之！

結語

三月的陽光溫熱而和暖，中午的日光照在一條金色的海濱長廊上。星期天休閒的人們慢步在海風柔柔、船聲嗚嗚、鳥語吱吱、花香陣陣、人聲喁喁、浪聲呼呼的一條金色海濱長廊上。青衣海濱兩岸高樓林立，藍色的幕牆映照天藍色的晴空。

河馬說：「對面荃灣聯合大廈未竣工前，在某一個大雨滂沱的中午，地盤天秤突然倒塌，少東主受傷困在十九

樓，我從十九樓揹他到安全的地下，然後呼救護車送他去了醫院。」河馬望着藍巴勒海峽的青衣鐵路大橋說：「這條青衣鐵路大橋還未竣工，在一九九六年六月六日下午六點發生了支撐大橋的平臺鐵架突然飛脫倒塌，六個正在工作的工人死於非命，香港地盤工傷史稱『六六無窮』……」

說起工傷事故，我也說了一大堆，走在這一條金色的青衣海濱長廊，兩人唏噓不矣！

我和河馬又談了一陣書法的寧靜和柔韌，一起走在這條金色的青衣海濱長廊上。

二〇一七年六月二十五日

夕陽工業

前言

　　我和何栢燨先生（以下簡稱燨哥）相識已有八、九年。我與燨哥傾談文藝甚為投契，並不似某些同事一説起文藝就迴避或反感。我們同在一間食品工場工作，當時一個老師傅武哥剛剛退休，燨哥被招請來了這間食品工場和我一起工作。

　　燨哥那時還是我的「徒弟」。

　　當時我來這間食品工場只有一年多時間，我是新移民，二〇〇六年從內地移居香港，初來甫到，一年中輾輾轉轉做過多份工作卻沒一份可以做得長久。在這間食品工場工作的好處是工場在我家附近，可以節省許多交通費及上班時間。公司上班時間是朝八點半晚五點半，而且星期日休息，這樣的上班時間有規律便可以有時間兼顧家庭。

　　説到燨哥是我的「徒弟」，實在慚愧！慢慢接觸燨哥後，其實他才是我真真正正的師傅。

（岑）：岑文勁

（何）：何栢熾

一、

何：我在一九八六年從大陸來香港，八十年代的香港正是經濟如日中天，那時各行各業都是各展拳腳，蓬勃發展，大有大企業發展，小有小企業發展。那時看到一個電視廣告就是：「阿婆你唔洗湊孫，你就來超市做兼職啦！」那時各行各業都是人手短缺，剛入職新人有新人獎、旅遊獎，七十歲的阿婆也不怕找不到工作。當時最興盛的行業是製衣、電子、玩具、印刷等行業。一個行業的興盛便帶旺相關的行業，比如玩具行業的興旺便帶旺了印刷及電子行業；製衣行業的興旺也帶旺了印刷行業，總之是旺旺加旺旺，環環相扣，行行有錢賺，個個有工開。那個時代真的可以稱得上「魚翅撈飯的香港黃金年代」。

岑：那時的一個師傅的薪酬大約有多少？有沒有加班費？

何：那時一個印刷師傅大約有三千五百元港幣，你別

以為數目很少，這是三十年前的收入，你想想當時的物價和現在的物價相差是多少？那時茶餐廳一個碟頭飯是四、五元，現在是四十、五十元，物價足足相差了十倍，但個人收入卻沒有遞增十倍，所以收入永遠趕不上通漲。那時工作之餘還可以兼職，加班一小時計工資的工半（一點五倍薪金），如今加班別說沒有加班費，有的加班一小時得半小時補鐘，不到半小時的加班不作補鐘，真是「一個酸梅兩個核，今核不同往核」（今時唔同往日）了。

岑：你當時工作的印刷公司主要是印刷甚麼？你那時從事甚麼工作？聽你說業餘時間還上夜校？工作這麼忙又上夜校，其實你是怎麼兼顧家庭的？

二、

何：我當時做學徒要「一眼關七」（多個心眼），師傅是不會教你最主要的功夫，正所謂「教識徒弟無師傅」，全部都要靠自己去摸索，肯學不嫌煩。我業餘時間就上夜校，那時到九龍灣職業訓練局上課，也曾在荃灣全完中學附近的夜校上英語課。每天早上五點鐘起牀，六點到荃灣公園對着樹林大聲朗讀英語，別人都以為我是傻佬，連樹

上的雀鳥都給我嚇跑了，哈哈！做了一年多學徒，既要偷師又要靠自己不斷摸索，對印刷的專業知識基本上有了一定的認識。我們當時的印刷公司不算大企業，幾十名員工，慢慢老闆信任我，我當上了幾十名員工的主管。

　　我們公司主要經營印刷貼紙、衣服掛牌、洋行商標印刷、包裝印刷等等。那時日夜趕貨，半夜一點兩點都要出車交貨。我當初來香港時是很難融入社會的，洋人都排斥我們新移民，一開口就說：「阿燦！阿燦！」「三十年河東、三十年河西」，現在大陸同胞都叫我們做「港燦」了。今非昔比，如今大陸經濟已迅猛發展。那時我在印刷公司執字粒，你知不知道甚麼叫「黑手黨」？那時印刷印版要執字模，字模有黑色油墨殘留，用手執字模，雙手就染黑了，所以就叫「黑手黨」。我這個「黑手黨」執字粒排版還是挺快的，英文字粒排版最快，閉上雙眼都可以拿二十六個字模排版；執漢字模就慢一些，但也是工多藝熟。

　　八十年代也有電版印刷，所謂「電版」就是已經設計好了的凹凸字模的印版，只是當時一個設計好了的印版價錢比較昂貴，為節省成本，電版很少用，通過用人手執字模的印版印刷。那時客戶給你印刷圖案的顏色要靠調版師傅調校顏色，我肯學，老闆慢慢就放心讓我調校印版。印刷調校的顏色是非常講究的，藍色有淺藍、深藍、射光藍、

湖水藍、天藍等等。每次調校印版顏色就要靠自己找出相應配色的油墨。有的顏色需要不同的顏料搭配，比如黑色加白色就是灰色；黃色加紅色就是橙色，這些知識都是我自己掏腰包上夜校學來的，要更上一層樓認識印刷就要不斷增值上進，當然學無止境。

那時老闆十分看重我，老闆也放心我去管理這間幾十名員工的印刷公司。至於我既要上班又要去上夜校怎樣兼顧家庭？實不相瞞，當時我太太是全職家庭主婦，我那時的收入基本上可以支撐全家的經濟支出，所以我可放心全情投入工作和上夜校增值。告訴你一個秘密，我左耳有點「撞聾」，就是因為那時瘋狂學英語，上班路上、去廁所、下班路上、煮飯買菜都用耳機聽英語，所以我左耳有半聾狀態，要大聲對着我右耳才聽清楚你說的話。嘿嘿！

三、

岑：印刷行業甚麼時候開始式微？

何：主要是大陸九十年代經濟開始騰飛，所謂「三十年河東、三十年河西」，世界輪流轉，你不承認事實也得承認。比如老闆接了一筆大生意，他將生意給了中國大陸

的同行做，然後將印刷成品運回香港，並將印刷成品交給香港的客戶，從交貨的時間、運輸費用，人工成本等等加在一起都比在香港做的賺錢，所以許多工廠大約在二千年左右都搬上了中國大陸。最重要的是因為智能手機、電腦的出現，傳統的機器印刷漸漸被電腦印刷代替。香港的印刷業慢慢成了夕陽工業，印刷工業漸漸被時代的洪流淘汰而失去了影蹤。我們那間印刷公司在十多年前解散了，現在有緣和你在這間食品工場做一名雜工，沒辦法，「人挪活樹挪死」只有「馬死落地行」了。

岑：認識你時知道你是一位非常文藝的工人，業餘生活十分充實。你會唱歌、跳舞，許多時候還會回鄉下與曾經是知青文工團的同學聚會。

何：業餘唱歌、跳舞這些活動都是和我年青時的愛好及經歷有關。來香港前，在文革年代我是廣東省江門一中的少年文藝表演成員之一。年青時經歷文革的火熱年代，演革命樣板戲，唱革命歌，到農村上山下鄉。幾十年過去了，對表演藝術依然熱衷，業餘有空閒時間就和相識四、五十年的同學聚會，重拾那個火熱年代的難忘記憶，這也是人生的一大樂事。那時有一首歌的歌詞只有一句話，

這句話可以當歌詞來唱的，我唱給你聽：「要鬥資批修！要鬥資批修！要鬥資批修！要鬥資批修！要——鬥——資——批——修！」哈哈。

岑：哈哈！如今香港還有甚麼工作可以做？

何：香港畢竟是一個國際大都會，完善的法治環境、規範的公民意識、國際金融中心地位等等，香港還有一定的優勢。飲食、旅遊、零售、物流、航運等相關的行業歷久常新，這些行業還是有一定的市場潛力。當然，希望香港有一個好的政治環境，我們基層打工仔都有工開，各行各業都有進一步發展，市民能夠安居樂業。這些道理大家都明白。

岑：最後請你回答一個問題：工人有沒有文藝？

何：（略作思考）有！當然有！你不是嗎？！

二〇一七年六月十八日

附：詩兩首——給何君栢熾

一、　藏頭詩

何處有知音？
栢樹良禽棲。
熾熱文章在，
君我謂傳奇。

二、　沒有第二個——致何

文人也有相輕
何況工場
你信不信
工場像個大染缸
紅的罵紅了兩眼
黑的在你面前扮小丑
在你背後耍小刀
白的如睜睨的一雙泛白
金的有手指

點中你死穴　也讓你痛幾天

忠忠直直　終須乞食

奸奸狡狡　朝燉晚炒

管他　工場是個大染缸

是荷莖　總是

出污泥而不染

是魚刀　磨得鋒利

快快手手又收工

抖落一身風言風語

鍾子期　永遠的知音

就一個俞伯牙

無聊的詩

真真正正的讀者　除了你

何須去找第二個

二〇一一年六月八日

變·色·龍

——三個大學生的工場打工故事

引子

　　「萬般皆下品，唯有讀書高」，古訓延續，觀念卻時時更新。經過中學日日夜夜的拼搏，好不容易名列前茅；多少日與夜的廢寢忘餐，經過幾多題海戰術的苦練，好不容易才考上夢寐以求的高等學府；經過多少次數之不盡的百試、千試的考核，一朝圓大學之夢，背後是幾多辛酸的淚水。一眨眼，三四年又過，流金歲月，光陰飛逝如白馬過隙。畢業典禮上的歡笑、喜悅，背後藏着幾多辛勤的汗水，藏着幾多遇到挫折時的無奈，藏着幾多父母責罵時的忍耐。成功了，畢業了！終於成為一名大學畢業生。今天要出社會工作了，真是百種滋味在心頭。本來香港是一顆閃亮的東方明珠、亞洲四小龍、世界金融中心。全球四大金融都會，香港穩佔一席。香港自從二〇〇八年金融海嘯後已經漸漸走出經濟的陰霾。在這個繁華的大都會，難道就找不到一條成功的就業之路？何況是一個擁有高等學歷的天之驕子？有人後悔用十多萬攻讀一門學問，畢業後卻

無用武之地。但天無絕人之路，天生我才必有用，工廠、公司、酒店、餐廳等就業的大門隨時為你打開。條條大路通羅馬，路就在腳下。就聽聽幾個香港大學生，細訴他們在工場打工的經歷。

一、　變

　　他外表斯斯文文，眉清目秀，架着一副眼鏡。他已經在工場工作超過三個月了。他在工場只是做半日短工。小休時，我們圍坐一起，他說話有時滔滔不絕：「我剛剛大學畢業，找了許多工種，我和然仔一起去見過多份工，如今這份工已經舒服許多了。洗洗魚、拔拔魚骨、將魚抽真空打包，很快四小時就過去了……」。有人問：「大學生怎會來工場做雜工？」他站了起來，手勢比劃着，聲音抑揚頓挫：「沒有辦法，我和然仔曾經在機場見過工，接見時說得天花亂墜，說這份工不會很辛苦，最多只是將十多磅的鐵箱搬上機倉。月薪也不錯，有一萬一千，還有勤工獎。吃飯雖然要自己掏腰包，算起來，這是一份不錯的職業。但到工作時，鐵箱足足有二十公斤。要命！我和然仔做了幾天，我對他說，然仔，這份工是不適合我們做的：早走早着，遲走瞓唔着。」

「你不是一個大學生嗎？幹嘛要到機場做雜工？」一個同事問。「現在樓市出辣招，房地產業萎縮，有一家房產公司本來說聘請我，但最後卻不了了之。我和女同學一起去工廠寫字樓見工，女同學聘請了，男的不錄用，感覺有點歧視。」他推了推眼鏡，繼續說：「有一次和然仔去一間律師樓見工，他們說除打字外，還要斟茶倒水，掃掃地。我想，這與做雜工有甚麼分別？工作時打字老是打不完，如果有一頁打錯，就要整頁重新打過。到下班後，文件怎麼也打不完，之後，有一個人說，小子，回家打吧！嘩，你估文件紙有多厚？」「幾十張吧！」一個同事說。「錯！足足有上千頁，差不多二十釐米厚的紙張」，他兩隻手掌打開做着疊起二十釐米高的手勢說：「唉！這麼厚。我和然仔打字打天光都打不完。手指麻木，連筷子也拿不穩。沒有辦法，我只是知道人肚子餓了就要吃飯，窮則思變，租房住，月底就要交租。一份工不成就要做另外一份。就這麼簡單。」他說得很無奈又覺得很輕鬆。旁邊的然仔似乎有許多心事，始終是不發一言。

　　他叫阿明，剛剛從香港公開大學工商系畢業。然仔是他的學弟，如今還在公開大學攻讀工商系課程。然仔不太喜歡說話，一坐下就拿出手機上網了。然仔斯斯文文，戴一副眼鏡，或許是大學還未畢業吧，看上去似乎有許多心

事。然仔選擇半工讀，這就證明他是一個會變通，為未來打算的有為青年。然仔和明仔都是幾個月前同時進入這間劏魚工場做雜工的。

　　初見到阿輝時，一眼看他白白淨淨，一頭略曲的啡色頭髮，穿着新潮，左耳還穿着一隻銀色耳鑽。「嘿！又是一個九十後，看你可以做多久？哼！不出一個月，你又是工場的匆匆過客」，我心裏想。但與他交談時，真是人不可貌相，水不可以鬥量。他在 Facebook 開了一個社交網站，以「諾」作為網名，我一打開就被迷人的色彩吸引住了。阿輝是一個非常勤力而充滿理想的陽光青年。他給我分享了他設計的圖案。他的作品色彩鮮豔、構思獨特、主題深刻、構圖考究，真是一名出類拔萃的視覺藝術設計師。阿輝在荃灣的珠海學院畢業。在他的 Facebook 還看到他在歌唱比賽中得到亞軍哩，真是一個多才多藝的好小子。他如今在這間劏魚工場做洗魚、拔魚骨、抽鮮魚袋真空等一些瑣碎的工作。有時見他很疲累，有時他把頭枕在我的肩，有氣無力說：「下午及晚上還要幫同學補習功課。和別人合夥的生意也要精力，開店又要交租，自己又要進修，沒有辦法。工作不能停，你不變通，就得餓死。」我有點同情及鼓勵的口吻：「阿輝，你已經比許多人活得有意義了，雖然如今是創業階段，我相信經過你的雙手去拼

搏，你會漸漸變成一個成功而充滿自信的有為青年。」阿輝笑笑點點頭瞇着眼不說了。

二、　色

在人生的舞臺上，每個人都在扮演不同的角色。「舞臺上沒有小角色和大角色，只有小演員和大演員。」這句話創造了幾多成功的最佳男、女主角。工場就是工場，每個人進入工場，扮演的角色都是相同，都是工場雜工。無論你的學識如何，一進入工場都是工場雜工，只是各人的能力不一樣罷了。走入工場，每個人的背景都不一樣，有的是大公司倒閉前的主管；有的曾經是小店的生意人；有的是股海沉浮而上岸喘息的炒股師奶；有的是剛剛畢業的大學生，不一而足。每一個人的學識都不一樣；每個人的經歷都不一樣；每個人進入工場的想法都不一樣。有的勤勤力力，專心工作，日後可以活得有出息；有的中年危機，上有老，下有幼，只要有工開，有飯吃，公司有一些福利，安心工作，才能適者生存；有的跌跌撞撞，曾經離開原公司，倍感外面風大雨大，不得不做吃回頭草的馬，還是覺得你最好，真是識時務者為俊傑也。

「餓就要吃飯。租房住，月底就要交租。就這麼簡

單！」這是阿明常常掛在嘴邊說的一句話。九月份後阿明由做四小時的短工，轉了不知甚麼時候放工的長工。轉長工就不這麼簡單了。由短工轉長工，開工不知甚麼時候放工，幹了幾天清理垃圾的阿明有點捱不住了。經過多次工種的調配，阿明才漸漸適應做長工的辛勞。他似乎又恢復說話滔滔不絕。今天上午不見阿明的蹤影，原來他去了取公屋的鑰匙。原來阿明是個醒目仔，十八歲後就申請公屋。「申請公屋有成人身份證就可以了，但要資產審查，月入不可以高於八千元，而且你的銀行戶口有一定的積蓄，可以證明你交得起房租。現在申請公屋有鑰匙要等五年。這間公屋房租比我現在住的劏房租金少差不多一半，但面積差不多一樣大小。起碼不用捱貴租，有個安樂窩，就這麼簡單。」阿明有點眉飛色舞說。然仔還是不說一句話，因為他還有一個學科不及格，要補考，半工半讀，沒有辦法，都怪自己「沒出息」，常常只顧打手機遊戲。

阿輝一進入工場工作就充滿幹勁，洗魚不顧半身濕透；手拔魚骨有如機械手；鮮魚抽真空抽到一塊不漏。年輕人充滿活力，工場裏的雜工，他做得有聲有色。四小時工作很快就過去了，下午還要幫同學補習功課，有時還要上課進修，勤勤力力，一步一腳印，不信「成世褲穿窿，總有一日龍穿鳳」。人經過艱辛，成長後才會活得出息。

有時看見阿輝面容疲倦，面無血色，白皙的臉頰長出了點點黑斑，或許他真的有點累。但一到四小時後，他就龍精虎猛，繼續投入他的另一份職業。年輕人，你是有出息的！

三、　龍

　　工場裏有人中之龍嗎？日捱夜捱的打工一族會蛻變成一條令人刮目相看、一飛沖天的騰龍嗎？或許你說，有！李嘉誠不是嗎？李嘉誠穿過膠花，李嘉誠也在工場打過工啊。香港真是一塊福地。香港，沒有如處於地震帶城市的驚慌；沒有隨時身陷戰火的驚恐；沒有像貧困地區因飢荒而哀鴻遍野，香港真是一塊風水寶地。香港老有所養，老人的壽命更是躍升全球之冠。香港人文明禮貌，排隊守候不打尖。香港街道處處整潔；路旁公園鳥語花香。香港，這是一處引以為豪的安身立命居所；這是一塊引以為傲的安居樂業之地。香港人勤快、包容、靈活變通、精明能幹，才可以創造出一個魅力四射、集東西方文化薈萃、耀眼奪目的亞洲小龍。

　　打工一族，你也是香港人，香港這條「一國兩制」下等待騰飛的巨龍，有我們打工一族用汗水來鑄造，有我們

打工一族用雙手來打造。工場裏也有工場的文化。工場不合理的現象只要工人大團結，就可以活出工人的尊嚴。工場少一些加班，工場裏就多一些歡笑的快樂空氣；少一些加班，工場裏的工人彷彿是一條條在山潭裏嬉鬧的遊龍。工場可以是你選擇職業的踏腳石。工場也可以使你成為一個游刃於商海的行中龍頭。那些捱得苦、不計較個人得失，處處為大局着想的工場雜工，日後必定能成為工場的人中之龍。工場也可以養活一個個等待糊口的失業漢。「馬死落地行」，雖然你的背景與眾不同，只想在工場暫時幹活，就如一隻潛伏在工場裏的臥虎或一條蟄伏在工場裏的藏龍。無論你的背景怎樣，你一進入工場，只要你肯做就有飯開，最少你現在不是一條蟲，要想成為一條飛天巨龍就要看你的造化了。

「肚子餓了就要吃飯，住房到了月底就要交租，就這麼簡單。」阿明或許是一個很現實的大學生打工仔。阿明其實是在「騎牛找馬」，穩穩當當，見步行步，一旦找到適合自己的工作，就會發揮自己的所長，說不定是明日某公司的管理高層或明天某企業的人中之龍—— ＣＥＯ哩！

阿然半工半讀，雖然讀書遇到挫折，但他堅信從哪裏跌倒就從哪裏爬起。然仔雖然大學還未畢業，家人要自己支付一些學費，半工半讀就是鼓勵自己早一些踏足社會，

當作磨練自己的閱歷。現在然仔知道父母搵（賺）錢養家多麼不容易。然仔下定決心，勤力攻讀最後一科，大學畢業後，翅膀長硬了，一飛沖天，人的視野才會更加開闊，雖然説不上甚麼「人中之龍」，但起碼不是人中之蟲。

　　阿輝已經比許多同齡友輩自豪多了。他起碼比許多友輩多了專業學識。他勤力而充滿活力，他合夥做生意又增值進修，説不定不久的將來，是另一個的貝聿銘哩。創意藝術有時是寂寞和無奈的，但只要不放棄，默默守望，默默耕耘，藝術也會在乾涸的沙漠中開出絢麗的花朵。藝術是美，城市的裝扮需要藝術的美容。創意的視覺藝術，默默守望，默默耕耘，總會在石屎森林中閃爍出奪目的色彩。輝仔，我們工場半日短工的雜工快手王，祝福你，未來的視覺藝術設計大師。

人在旅途

——與九巴司機阿金的對談

受訪者：阿金（金）
記錄：岑文勁（岑）

岑：在兩年前，你也是新移民，不過你拿了香港單程證之後十年都沒有來香港居住。來港前你是幹甚麼工作的？你在香港第一份工作是甚麼？

金：來香港前，我的工作是開旅遊巴士，是一名職業巴士司機。我來香港開巴士要重新考過巴士司機牌。在考巴士司機牌的時間內我便到你們公司工場裏打工，是在香港的第一份工作。

岑：你到我們工場工作是洗魚。你洗魚時將洗魚圍裙重新改造，將圍裙用塑膠薄膠紙粘貼成一張大圍裙，這樣洗魚時不會沾濕工作服。

金：搵食搵食，架撐齊全做野架輕就熟（欲要善其事，

必先利其器）。

岑：洗魚的地方靠近大雪櫃，氣溫保持零度至八度。你初來不習慣時冷時熱室內室外溫差太大的工場環境，所以到了一至兩個月就會發燒感冒，有時見你因吃了藥又休息不夠身體搖搖晃晃甚至虛脫！

金：很慘！初到貴境，人生地不熟，可謂萬事開頭難。

岑：過了幾個月，你很快適應了洗魚這份工作，大約過了半年，你考取了香港巴士司機牌就辭職不幹洗魚這份工作，臨走時你還送一對你自製的洗魚箍緊手臂的膠圈套給我。

金：現在你還用我送給你的那對膠圈套？

岑：沒有用了，謝謝你！如今我調到另一部門工作。

金：哪一個部門？

岑：清潔部。

金：嘿嘿。

岑：今年二月十日下午六時你們九巴發生了轟動全港、轟動整個運輸業的一件大事。

金：記不起了，甚麼大事？

岑：馬場到大埔途中巴士大翻車。

金：啊！是一件非常嚴重的巴士交通事故。

岑：十九人死亡，六十多人受傷。

金：是一個兼職司機綜合許多因素而釀成死傷嚴重的一次交通事故。極可能是因為巴士誤點遲到了馬場，馬迷不滿鼓燥，有時是司機操守問題情緒控制不穩，在急轉彎時開快車而煞車不及造成這次嚴重傷亡事故。此後，公司將全部兼職司機解僱，大半年了還未推出兼職司機開車指引，所以我們加班一兩小時是正常現象。

岑：加班是否影響司機的開車質量？

金：我們職業司機上班前及加班都有一套指引。比如要睡眠充足、不可有兼職、開車時要禮讓、情緒要保持穩定、開車多長時間要休息多少時間、一天不可以加班多少個小時等等。

岑：那次事故後接着有巴士司機不滿薪酬調整而號召巴士司機罷駛。

金：幸好都是得到較為妥善的解決。

岑：你為甚麼喜歡做司機這份職業？

金：是受我父親影響的。我父親也是開車的。

岑：說說你開車時有趣的經歷和難忘的事。

金：有一次開巴士過紅綠燈斑馬線，到紅燈閃時有一對夫妻還在斑馬線吵架，車已經開動加速，我趕忙急煞車，車頭已經貼近那個女人的胸口，車上的乘客因煞車急停身體向前猛然傾斜，隨之而來的是罵聲不絕。我問，有沒有撞傷的乘客，要不要報警。幸好沒有乘客受傷。所以

途人一定要遵守交通規則及注意公路來往的車輛。又有一次，我開車落斜坡時飛快，車速超過了落斜坡不可超過八十公里的車速，回到巴士總站被主管訓斥了一頓，因為每一輛公交車的行程都會有網絡監視。

岑：你對巴士上有乘客不滿司機開車過慢或過快而牢騷罵聲不絕有甚麼應對方法？有的司機因為被乘客謾罵甚至截停巴士投訴而開快車發泄不滿從而導致交通意外，你的看法怎樣？

金：首先要保持心境平和，他們有他們不滿，自己有自己專心開車。對一些無理取鬧的乘客甚至開不了車時，也可以匯報給公司或報警求助。那些為了發泄不滿而妄顧乘客安全的司機是一個十分不專業和沒職業操守的司機。有關職業操守我們上崗前公司都有員工專業培訓的。

岑：可不可以談談子女教育問題？

金：可以。

岑：許多同事對子女的教育往往費盡心血而束手無

策。有的子女學習成績跟不上，去補習，成績也沒有多大提升；有的子女沉溺於電腦手機的電子遊戲中樂此不疲甚至於病態而不能自拔。讀書讀不到喜悅就用電子遊戲去麻醉自己的學業。愈強迫愈打罵書愈讀不下去，惡性循環，到家長發現子女在小學、中學開始曠課，交異性朋友、抽煙、在校頂撞老師、和同學打架等等已經太遲了。老師不停投訴而有驅趕學生離校的警告，家長知道但已經來不及反應了。

金：我兒子沉迷於玩電腦遊戲，老師經常投訴說兒子不交功課，我也沒有辦法。現在的孩子打不得罵不得，如今我已經看透看通了，順其自然，他讀不成書就盡快出社會工作。嘿嘿！

岑：我個人認為，學生時代就要抓緊寶貴光陰讀書學習，玩遊戲上癮無論如何補救都會荒廢學業的。

金：但子女無心向學讀不成書也不是一件壞事，須知來日方長，肯做有手有腳餓不了自己，而許多成功人士並不是一定靠高學歷而獲得。

岑：有見地。

岑：除了忘於工作及家庭，有沒有想過大假休息時離港出外補充能量？

金：有，大假一個星期通常會一家人去臺灣或日本玩。一年一兩次在紅色長期假或寒暑假一家人都會出外遊玩，香港家庭一般都是這樣。

《工人文藝》的心路歷程

一、 引子

　　如今的智能手機就像毒品，一打開手機，Facebook、WeChat、WhatsApp、像一陣陣罌粟花的幽香般飄入鼻息，你已經完全不能受控，進入虛擬遼闊的視野不能自拔了。君不見，在廁所廁格蹲坐廁板的低頭一族傳出嘻嘻哈哈的點讚聲中逍遙半日。君不見，精靈滿街，一大群瘋狂追逐公園角落的低頭一族，已經忘我茫然沉醉於虛擬的歡樂天地。打開你的臉書，你是一個寫詩的或被稱為「詩人」的，在一個個詩社團體的巨浪，驟眼看以為詩歌像回到唐朝詩歌王國的寫詩盛世。網絡「詩人們」的創作力驚人地爆發，有的一日一首還不夠，甚至一日三首、五首，凡宇宙無極、地下深宮、看的吃的穿的山山水水飛禽走獸鳥語花香屎屎尿尿無不可以入詩。寫詩真過癮！但一陣陣浮躁的喧嘩過後，「詩人們」在詩海中唱吟的一首首大作如一陣陣浪濤拍岸的浪花，轉眼間消失殆盡。

　　網絡文化山雨欲來，已甚囂塵上，紙刊文學已經受到前所未有的衝擊。怎樣將當前即將逝去的文學狀況在浮躁

喧嘩聲中用文字保存？紙印文學刊物雖然式微，但始終不會消失。

二、 淵源與創刊

七十年代荃灣有一所工人夜校「新青學社」，在一九八〇年舉辦了第一屆「工人文學獎」，文學獎連續舉辦了四屆，可惜在一九八四年停辦。「工人文學獎」雖然曾經停辦，但到了二〇一〇年經過多方籌措，在籌委會成員的不懈努力之下，終於復辦了第五屆「工人文學獎」，到今年（二〇一六年九月開始到十一月結束）已舉辦到第八屆。由於第五屆「工人文學獎」圓滿結束後，評審的鄧阿藍先生向工作組倡議出版一本工人文學的期刊，希望基層市民及工友有一個抒懷打工心聲的文學園地。工作組認為值得考慮，建議由街坊工友服務處教育中心擔任出版機構，並邀請鄧阿藍、鄭偉謙和岑文勁三人當編輯，籌備期刊出版。經過香港藝術發展局的熱心支持，得到申請資金，刊名定為《工人文藝》。當時，藝發局資助了一年四期的《工人文藝》。因為資源有限，我們曾考慮不設稿費只寄文刊予作者，但鄧阿藍先生堅決反對，他說寫作人已經不易了，基層工人寫作更不容易，寫出來的心血連一點

點稿費報酬都沒有，對於寫作人實在是太悲哀了；雖然資金有限，但給作者一點點薄酬已是對作者的最大鼓勵了。總結第一年的《工人文藝》，很多謝來自各方的批評：有的說刊物遲遲未能準時出版；有的說內頁排版粗疏不美觀、不協調，佈局欠精緻；有的說要容納多一些不同的作者；有的說要多寫基層生活題材的文章等等。因為海外匯款步驟繁複，由第五期開始我們沒有為海外作者設置稿酬，但定會寄上刊物，聊表謝意。我們希望在以後某一年《工人文藝》能延續下去，每一位在《工人文藝》刊發的本地作者都能得到一點薄酬。

話說回來，創刊號定稿例時三個編輯特別強調《工人文藝》須要有一個全創作的宗旨，也就是要求作者寫文章時有創新、創意的精神。對於文學評論開始時暫不作刊發。《工人文藝》創刊時我們邀請了一些文學前輩做文刊的顧問，其中有：吳萱人、蔡振興、江瓊珠、李華川、陳昌敏等，後來也邀請了詩人馬覺加入。顧問都是對香港文學作出過貢獻的作家、詩人，許多時候都會得到他們的批評及指正。有時覺得文學刊物有一個後盾對於文學刊物前行的方向有推動作用。雖然《工人文藝》由創刊號到第三期無論是印刷、排版、內容、發行等等出版後都不大理想，但各人也是用心專心為之。

經過稿約、上網徵稿，《工人文藝》的來稿已經有一定的數量了。創刊號特別感謝秀實、廖偉棠、飲江、江燕基、文榕、魏鵬展、陳昌敏、藍朗等作家的來稿支持。我們還是經驗不足，每期只刊發一個作者一篇／首的作品，所以到第五期開始便感到稿源的奇缺。每一項工作都是「摸着石頭過河」，經驗也只能一天天積累。創刊號的封面畫是由曾獲得「工人文學獎」小說組冠軍的劉英傑先生提供。《工人文藝》的創刊書法提字由書法家梁耀漢先生提供。創刊詞由工人編輯岑文勁去寫，這樣能直接感受基層工人的文藝心聲。執行主編鄭偉謙寫編輯人語，引導讀者閱讀新一期《工人文藝》的編輯心聲。

三、　努力與探索

　　《工人文藝》搖搖晃晃走過了兩年，在申請第三年資助時，負責出版的街工教育中心，曾經相當猶豫，擔心職員人手未能兼顧刊物的繁瑣營運及行政工作。不過，我們《工人文藝》工作團隊願意多行一步，適當分擔一些刊物相關的發行及投稿聯繫工作，令街工教育中心朋友，繼續有信心肩負出版角色。《工人文藝》一直很需要的固定的發行地點。除了「街工」的辦事處外，我們都努力聯繫書

局，容我們寄售。在很多本地小型書局繁重的業務工作下，寄售「冷門」的《工人文藝》季刊，是額外負擔。因此，我們明白，寄售的請求，往往不受到書局歡迎。在此感謝港島的「藝鵠」、九龍的「序言書室」及「Kubrick」、屯門的「樂活書緣」等願意供應寶貴空間。兩年過去，許多關心工人文學的寫作人提出了不同的寶貴意見，我們都虛心接受努力去改進。《工人文藝》主要靠普及精神推進文學，本地作者雖然有所欠缺，但大多數作品都能以生活現狀作題材寫出了基層的感受，這是可喜的地方。

作為一個基層的工場工人，本人拿着《工人文藝》向同事推廣，開始時他們覺得工人居然辦文學雜誌，都投來驚奇的目光，有的說拿回家給子女看；有的說有岑文勁名字的文章才看；有的說有圖畫人像的才看……《工人文藝》向工廠工友推廣，結果並不樂觀，有時處境艦尬，有時感覺前景非常惡劣。這是一個十分現實的問題。我向同事說，工人應多一點文藝氣息，花你不多的時間，少上幾小時的網絡，看一本雜誌需時其實不多。可惜憑我三寸不爛之舌，除了每次免費送出十本左右外，大多同事都是搖頭擺手。綜合他們對文學雜誌的不感興趣，有幾個原因：首先，他們說自己有太多書太多訊息看，為甚麼要看這本雜誌，說實在，《工人文藝》一眼看下去沒有吸引人去看的

衝動和欲望。也可以說封面並不吸引普羅基層的讀者。其次是雜誌內容單一枯燥，除了小說、散文，更多的是詩。提議除了文學之外應多一些非文學的資訊，比如美容小知識、求職技巧、健身指南、美食天地、勞工資訊、打工權益、工廠笑話等等。最後他們還提議《工人文藝》應設計成一本方便攜帶、外觀吸引人、一眼看下去就想看的文藝雜誌。

說起來容易，這也只不過是一小部份工友的意見，但有時不去做又怎知道結果會怎樣。《工人文藝》的路應怎麼走下去，我們都不斷在嘗試及探索。我們也需要那些關心工人文藝的寫作人和有心人在背後默默支持《工人文藝》。

四、　回顧與展望

時代的巨輪分秒不停步，網絡資訊的潮流滔滔不絕，打開智慧手機的螢幕閃入虛擬的世界便身不由己情不自控。抬眼望全都是低頭一族，上至八十老人，下至三歲小童都不能避免。在虛擬的屏網中只需要發一些圖片，不斷的對着手機講話，連文字都不需要寫上，群組裏的成員便玩個不亦樂乎天翻地覆。報紙已經愈來愈少人買，買一份

報紙有時只是做功課準備好賽馬日的投注。純文學刊物呢？連免費報紙也漸漸銷聲匿跡，純文學真的要被滔滔的手機潮流取代嗎？虛擬的世界轉眼煙消雲散，網絡的主要功能是快速傳遞資訊，快速的網絡有保存資訊的功用嗎？而真正能夠保留當時文化資訊的非紙印文刊或書籍莫屬了。純文學刊物現今不會消失，以後也不會消亡，只是一本雜誌是否繼續生存下去有幾個條件：一是背後支持的動力；二是讀者的需求；三是能否有自身的獨特之處。

但願《工人文藝》不要太快在讀者面前消失，就算大勢所趨也能留下點點滴滴的文學記憶。

二〇一六年十月十六日

註：有關資料來源於《第五屆工人文學獎得獎作品集》，進一步多媒體有限公司出版發行，二〇一二年十月出版。

漫談職場求生

一、 早睡早起，精神奕奕

　　成人每天睡眠時間以八小時為宜，少於六小時或多於九小時都對身體健康不利。睡眠不足會引起諸如精神緊張、疲累、思維模糊、健忘、脾氣暴躁等等一系列亞健康情緒病。睡眠太多則會使人昏昏欲睡、睡夢頻繁、精神萎靡、無精神工作，等等。睡眠不單要有量而且還要有質。定時睡眠，想想明天還要上班便要早睡早起。通宵打遊戲；徹夜上網；煲電視劇到天明等都不可取。堅持早睡早起，如早上堅持做三十分鐘帶氧運動，出一些汗，一天的工作就有好的開端。「一日之計在於晨」，精精神神上班去。

二、 堅持早到，避免早退

　　不可懶牀，一個鬧鐘鬧不醒，可以調校三至四個鬧鐘。有的公司遲到一分鐘就會扣掉你加班的一小時，這是提醒你上班的警覺性、自律性。許多同事都是習慣在打卡前五分鐘才趕回上班地點。假如你平時早十至十五分鐘出

門，就會完全打破這一忙亂或可能會遲到的壞習慣。有的同事經常會遲到少於五分鐘，就會很無奈地被公司扣了一小時。工作完成後同事之間最好能夠一起下班，如有事可早一些通知主管。假如你早走，同事又不清不楚，互相間就多了一些猜疑，甚至會出現隔膜，對日後工作間的協調、合作都會有間接的影響。

三、　工作主動，互相協調

你開始接觸一份工，或許你完全沒有做過，面對陌生的工作環境、同事，大多數的感覺都是無所適從，左右為難。老闆聘請你，肯定有許多工作等着你去做。有的主管會慢慢讓你適應新的工作環境，給你一些較為輕便的工作；有的主管則不留情面，給你試用期後，假如你達不到要求就會毫不客氣地叫你「返歸」（回家）。其實，某一工種雖然適合某一些人去做，以我觀察的經驗，只要你有氣有力，慢慢地做下去，困難重重的工作你也會漸漸喜歡。工作主動就是見工就去做，不要像個佛像般站在別人面前。互相協調就是工作的運作要清晰，與同事工作時要互相配合，不要別人做了，你又重複去做。但有時主動又會適得其反，有時主動又會枉費心機。為甚麼會這樣呢？

因為你很主動去做，但並沒有與同事之間互相溝通，更沒有徵詢主管的安排。初接觸陌生的工作環境，要多看、多問，記住每一個工作運作的程式、要點，慢慢熟悉每一個工序的運作。只要你肯去做，主動去做，你就會覺得終於找到一個落腳點；就會覺得夠鐘開飯了，肚子餓了，有飯吃了。要生活首先就要工作，許多億萬富豪都是從打工仔做起的，有時這樣想，工作會更加主動些。

四、 彼此包容，其樂融融

每一個人的性格都不一樣，每一個人的性格沒有絕對的好與壞。為甚麼有的人可以做經理？為甚麼有的人穩穩當當一生堅守着一份工？為甚麼有的人不停去轉工，轉來轉去卻轉入了死胡同？同是打工仔，分工各有不同；同是打工仔，相逢何必曾相識；同是打工仔，營營役役，為的是月終出一份糧；同是打工仔，各人的能力不一樣，你工作時快一些，出力多一些，年終加薪自然多一些。但這樣還是不夠的，工作中還有許多學問。有的同事喜歡拉幫結派，打擊不和他們埋堆（拉幫）的同事，這時口角相爭，晨槍舌劍在所難免。職場成了戰場。本來是如牛如馬幹活的打工仔，轉眼成了眼中釘、肉中刺；成了你死我活的瘋

鬥雞；成了冤家路窄的眼紅人。幸好，罵過、怒過、發泄脾氣過，想想如今環境大不如前；想想上有老，下有小；想想兒女穿衣買鞋、供書教學樣樣是錢；想想百物騰貴、橫加豎加，愁腸百結怎去當家……幸好，哭過，抹乾淨淚水；惱過，睡醒後已忘記了昨日的不愉快，今天已是換了輕鬆、微笑的笑容。同是打工仔，相逢何必曾相識，不問你能力大小，只要你用心去做好這份工;不論你種族膚色，何必理會你以前的風光背景。同是打工仔，你的付出，老闆賺了錢，你也出了糧。既然爭吵、不服於事無補，何不彼此包容，其樂融融？

五、 能力範圍，自我衡量

許多同事都是工作狂。工作後太累了，連睡覺也睡不着，每晚都被肩麻、手顫而痛醒。有甚麼方法可以解決這些職業病？有的同事工作時要吃一些「補品」，「補品」是甚麼呢？靈芝孢子？海狗丸？紅牛？都不是。答案是：止痛藥。有的同事睡前要用力摩擦肩膀、手臂、手指，用一種「神油」來按摩疼痛部位。「神油」聞一聞靈舍醒神，嗅一嗅舒筋活絡。甚麼「神油」這麼有效？印度神油？馬拉鬼油？都不是。答案是追風透骨活絡油。有的同事工作

時不快不慢，主管來時，裝模作樣；主管走後，我行我素。不是他們不想快一些做完手頭上的工作，而是工作量實在太多，一些工作未完，卻已接二連三不停的催促。「長命功夫長命做」，這是職場求生的一種工作技巧。睇（看）環境做嘢（工作），這是說看當時的工作量去掌握好工作的快慢。有的同事有病都堅持工作；有的同事扭傷了肌肉還強撐下去；有的同事自己的工作還未做完，卻去「關心」別人的事。有一句話是說「凡事皆因強出頭」；另一句是說「你做傷了自己，別人是不會可憐你的」，多年在職場工作的人，便會感觸其中的滋味。

六、　工傷意外，急診為先

損手爛腳，工作時是很難避免的。拿刀工作的有誰未流過血？許多同事工作時都是魯魯莽莽、粗粗暴暴地幹活，工作時看不清周圍的環境，稍一疏忽，意外就發生了。傷、瘀黑，皮外傷是小事，見慣不怪已習以為常。有些意外是自己造成，有些意外是別人造成，如「爆缸」出血，就要趕快包紮止血。工作中出現流血不止、骨裂、骨折等較嚴重的工傷意外，應當第一時間去官立醫院就診掛號。為甚麼第一時間要到公立醫院的急症門診掛號呢？因為公

立醫院的急症門診可以詳盡為你作出醫療意外的檢查，作為是否工傷的一個重要憑證。假如界定為工傷意外，就會依勞工法為員工作出法定的賠償。工傷意外，急診為先，這也是職場求生術的一個小小學問。當然，有些職場有直接掛鉤的私家醫生。資方的立場是如無必要不會刻意叫受傷的員工去公立醫院。站在員工的立場，為保障員工的自身權益，有嚴重的工傷意外當然去公立醫院更適合不過。有些同事工作時都是時時小心，有甚麼事都會知會相關的同事。意外是一個神出鬼沒的殺手，同事工作時時刻刻都應有安全的工作意識。

七、　加班補假，清清晰晰

工友在工廠裏工作像一頭牛，大多數是不大關心工作外的遊行、罷工等抗議行動。覺得遊行、罷工只會失去收入的飯碗，更覺得遊行、罷工是一件非常無聊、愚蠢的可笑行為。殊不知這是間接為工友的權益撐開一片天。假如沒有紮鐵工人吶喊罷工就不會由日薪八百六十元加到九百八十元；假如沒有在本港歷時最長罷工時間的碼頭工人罷工就不會有改善員工的工作環境、加薪百分之九點八的抗爭成果。雖然工友的罷工會造成資方和僱員兩敗俱

傷，但罷工是迫不得已，是日積月累的訴求得不到妥善解決的結果。因為資方平時聽不進員工的怨言，以為你不做，我可以大量請人，殊不知後來者都是逃不過受壓迫的命運。資方聽不進員工的訴求，工潮遲早會一觸即發。罷工當然會有工會出頭，罷工也有相關的工會法保障工友的權益。有的工廠員工加班是沒有補鐘的；有的工廠補鐘的定義各有各的不同。老闆都是精明的，他會看到工會為員工爭取權益後會適度調整員工的補鐘規定。每一天的加班時間，有的同事會清清晰晰記在簿上，了然於心。對員工好的公司是不會虧待員工的加班勞動，有的會補水；有的只會補鐘。如果你在一間工廠、食肆、商場等政府註冊的職場工作，工作試用期後會加薪；做滿三個月後會有紅色假期；做滿一年後會有七日法定大假。如果不明白可以向資深的員工、資方或勞工處諮詢。

八、 加班無道，適度抗爭

加班無道，適度抗爭。為甚麼是適度抗爭？我是不大主張用激烈的行動，如罷工，去達到訴求。有時員工是不大理會老闆生意場上的淡旺。有的老闆在生意淡季時就打算裁員，搞到員工之間人心惶惶，外面環境風雲變幻，殊

不知生意很快轉入旺季，要聘請熟手的員工真是談何容易。有的老闆是不會顧及員工死活的。旺季到來時，新聘請的員工又不適應繁重的加班，舊有的同事每晚都是加班！加班！！加班！！！腰酸骨痛、手麻腳軟的職業病還未得到適度的調整，第二天又是如山的工作等着你去完成。有的同事捱不住，請了病假，以示抗議；有的同事打電話直接回公司說手動不了，主管也莫奈何；有的同事乾脆說要回鄉下「奔喪」，其實是回鄉下散散心、喘喘氣、歇歇息。不停的加班，員工的勞累得不到適當的調整，工友的怨聲載道是必然。工友的抗爭要一致，可謂「一個巴掌打不響」，同事之間團結一致，團結成一顆心，像緊握的一個拳頭，共同進退，主管也「有你乎」！

九、 年終評定，消化冷靜

　　年底評定的分數，大多都是主觀的評定，一年給你的印象分標定在一張紙上，就如學生經過一年的學習，成績如何，得失寸心知。有人看後眉頭深鎖；有人看後喜怒不形於色。有時是詛咒謾罵聲不絕於耳；有時是挖苦諷刺聲彼此起伏；有時是看到滿臉堆起如梨花開的笑容。最關鍵的是你年底加了多少人工？你有多少花紅？年終的評定，

總是有人喜歡有人愁。如果你覺得一份工還可以做下去，一年一年花心機做下去，老闆始終不會虧待你的。對於那些「三日打魚，兩天曬網」，只知道「做一日和尚，敲一日鐘」，只知道凡事不理等出糧的員工，老闆怎樣對待他們，看他們的臉上便一清二楚。年終的評定，你覺得不公平，可向主管或老闆申訴，或找另一條出路，就是一走了之。或再沒有甚麼選擇了，只好無奈地接受這殘酷的現實，繼續你的「凡是不理，只知出糧」。只有那些勤勤力力，天生工作狂，老闆自然會另眼相看，但那些人真是鳳毛麟角、可謂百中無一。

十、　發掘信息，三思轉工

過完農曆新年後都是工友轉工的灰色地帶。轉工的同事大多數都是做了幾個月或不到半年的工友。要想離開的理由有十個百個，主管怎樣好言相勸或加薪調整，只能留住個人，卻留不住個心。「哀莫大於心死」，有離去的心自然是考慮已久，醞釀成熟，就會「起飛腳」。轉工當然要三思。轉工前上勞工處網站看看求職資訊。有相識的舊同事互通資訊，交流彼此的近況。圖書館也有招職專刊。據我的經歷，有的同事辭工一年後又回原公司工作，或許

經過一年的磨練，沉沉浮浮，還是覺得你最好！唉！外面風大雨大，走出了這個熟悉的環境也是如牛一樣耕作，所以轉工要三思。有的同事衡量過上班地點夠近，可以節省搭車費及上班的時間，對比外面的人工，計算其得失，只好繼續做下去。年底員工的去留，老闆再清楚不過，老闆為了留住熟手，每年都加一定的薪金，用薪金綁住員工的歸屬感，員工只好乖乖的為了薪金奉獻自己的畢生勞力。老闆和員工的關係有時確實很詭異。

二〇一三年六月十六日

勞動有價

　　巨輪從遙遠的大洋彼岸滿載沉重的貨櫃，水中的巨無霸無懼強風巨浪平穩地停泊在碼頭的岸邊。吊機穿梭於貨櫃，升升降降奏響碼頭繁忙運作的交響。鏟車來來往往，手握方向盤的工人，嫻熟地將如山的貨物清晰、理順、安全、順利地送到一車車的貨櫃車上。

　　但不能！吊機要停止運作，鏟車要罷開！工潮一觸即發！

　　物流是香港經濟的主要產業，低下階層的工人如螞蟻搬家一樣搬運堆積如山的貨物，那些如雪球般愈滾愈大的金錢卻都如水般流入那些富豪榜中的富豪腰包。眾多外判商的貨櫃碼頭如一座金字塔，工人永遠是金字塔的底下階層，一層一層的外判商撈得盆滿缽滿，他們坐享工人日與夜付出的血汗，壓榨工人的剩餘勞動時間，坐享經濟繁榮的塔尖，以為這是他個人榮譽的炫耀？

　　但不能！吊機要停止運作，鏟車要罷開！工潮一觸即發！

　　物價在一天一天中，一元一元不斷直線上升，年底的加薪只是杯水車薪，加薪的巴士卻遙遙趕不上通貨膨脹的

列車。苦了一幫金字塔底下的勞工階層，有時開不足工，手停口停；有時面對房租又加，乘車搭船票又加；有時面對情人的禮物又加；有時面對奶粉錢又加——真是橫風橫雨、橫加豎加，百上加斤，說不清、說不盡的怨言，向長江、黃河訴說？長江、黃河滔滔不絕，要說你要向那些支流詢問。

工潮一觸即發！齊來同聲！加人工！撐到底！

我們別無選擇，為了一個工人要得到應得的酬勞和尊嚴，站出來！我們別無出路！而無懼「永不錄用」的要脅！誰是我們發聲的帶頭人？你是工人發聲的卓越帶頭人，你來了，你總會來的。還有，那一碗碗熱心潤肺的老火湯；還有，那一個個熟悉而陌生噓寒問暖的臉孔；還有，那一點點積少成多的捐款；還有，那一首首動人、振奮的嘹亮歌聲；還有，那一句句讓人激動情感的標語；還有，還有……

五月一日如潮湧

湧向年年如潮信的呼喚，

湧向要發聲而擠迫的銅鑼灣！

湧向鑼鼓喧天以壯聲勢、人聲鼎沸、同聲高喊的維多利亞公園！

齊聲：工人要話事！勞動有尊嚴！

五月一日如潮湧

湧向繁華的大馬路，齊來宣洩：你個人的榮譽離不開一個個工人的勞動！

湧向工人用汗水砌成牆而營造的一幢幢高樓大廈側邊發聲！

齊聲：撐到底！加人工！

五月一日如潮湧

湧向被指定修窄的街道，齊聲宣洩：同為這個大都會付出了汗水，在紅色的假日裏，你去逍遙，我在加班！你是銀行假，我卻是勞動日！

齊聲：標準工時要立法！假日加班要補水！

五月一日如潮湧

日誌一則

　　大爆炸，戒嚴，搶劫，傳媒的渲染。以訛傳訛，道聽途說。九十後的本土港青回內地父母甚擔憂。過了十八歲都是成年人了，因足不出戶，陌生的城市變了更加陌生。機會很多，時間的長河。機會不多，錯過了，後悔來不及。若要成功得把握一兩次難得的機會。毗鄰港澳，開放改革的橋頭堡，一方水土一方人，看萬卷書不如行萬裏路，耳聞不如目睹，走出了第一步，原來的感觀是否大不如前？

　　九十後，八個年輕人有的還在高等學府深造，從香港來到特區進行文學研討交流。作品分享朗誦會也是人生的第一次。名額有限，機會難得，好好把握機會，或對詩歌有更進一步的認識。「寫詩是一種自戀的內心抒發。寫詩沒有自閉症。」一個寫詩的過來人如是說。「詩最能直接抒發自己的情緒。不會在乎別人的議論，激情噴發，心情舒暢。」一個詩家衝口而出。「寫詩不似小說那般要人生閱歷和積累，寫詩要靠靈氣。靈感稍縱即逝，寫詩的人最能把握。」這個論點相信他感觸良多。

　　年輕人思維敏銳，反應迅速。一到深圳上網點擊便知所到之處的行蹤。中年的我來到陌生的城市全無方向感，

東南西北不知何處何方。不懂問詢，路在腳下。帥氣與青春在他們的臉上洋溢，敢問路在何方？不恥下問，方言國語，英語客言，虛心詢問，路在口邊。想得複雜不如親歷親行。道聽途說危言聳聽，來到近鄰，遊必有方。在地下左轉右轉，三拐四拐，從酒店到深圳書城近在咫尺，這都是「路在口邊」的結果。

寫作人來到深圳不去書城對書不誠。年度書選、文學軍事、厚重文集、世界書籍包羅萬有。百元三本貴精不貴多。詩論詩集、報告文學在香港難得一見，稀少難買，重要的是心頭好心有所屬，鹹魚白菜都是自己的味道。

飯後來一個詩會。一條橫幅拉直橫掛，一個流程編排作品。詩會開始：或抑揚頓挫忘乎所以；或細聲綿綿只讀不朗；或高聲呼喊忘我情懷；或未朗先淚不能自已；或細細慢談來源背景；或動作古怪笑聲連連；或全無感情大膽分享；或病未痊癒咳嗽連聲。詩意人生，文字抒懷。詩會傳情，以文會友。大千世界，賭馬麻雀，人可以清貧但不能無嗜好。作品深淺慢慢累積，他方之石可以攻玉，江河月色日月同暉。角度新意，推陳出新，寫之不盡，味道回甘。感人情懷各有造化。

（註：二〇一五年九月十一日至十三日參加深圳詩歌

研討班以誌之。香港學員有蔡益懷、林子、何佳霖、文榕、梁正恆、溫海、馬覺、曾恆、岑文勁、劉祖榮、萍兒、余穎盈、邢美嘉、李嘉寶、林志花、陳臻華、凌靜、郭豔媚、蘇美靜等十九位。）

水滸啟示錄

　　北宋經歷一百五十年左右便開始日落西山，仿如一場慘烈戰爭的「滑鐵盧」。那一場「靖康之難」，徽宗、欽宗兩帝及宮廷男女被金人擄去漠北五國城受盡淩辱，千百年後都成為歷史的笑柄。宋徽宗趙佶未稱皇時叫端王已經風花雪月，他發明「瘦金體」的書法，那種飄逸、秀雅讓歷史上書法者稱羨不已。他的山光禽鳥畫工筆精美、出神入化的畫作成為宮廷畫室的絕作。端王成宋徽宗前還沉迷玩一種相當於現代足球的「蹴鞠」。高俅本來是一個浪蕩小子也玩得一腳足球絕活。有一天端王和眾皇宮貴子玩足球，球到高俅腳下，高俅突然踢起足球，一挑二撥三彈，球觸碰全身而不落地，大概好看過碧咸的腳指尾拉西「七旋斬」，相信和八六年世界盃阿根廷和英格蘭那場球賽馬納多那在中場左衝右突，一拐二轉三挑四射那個令人嘆為觀止的世界入球差不多，看到端王眼花繚亂、驚訝不已。於是高俅跟了宋徽宗從此便仕途高奏，官運青雲直上。

　　那個年代蔡京為相有十七年之久，為剷除異已，司馬光、蘇軾等人都被政治迫害列為「奸黨」而遭罷黜及去位。軍人也好不到哪裏，那個京師十萬禁軍教頭林沖就被

高俅的乾兒子害得真夠慘。高衙內垂涎林沖內子美色寢食難安，求助於義父高俅，高俅便如此如此。於是便有豹子頭林沖獻刀誤入白虎堂屈打成招充軍滄州，他的妻子最終是懸樑自盡，幸好結識了英雄重英雄同是習武的義漢花和尚魯智深，否則林沖未到滄州便已經冤死半途。那時的文人粉墨登場，破落潦倒書生白衣秀士王倫妒忌賢能，看不起有本事落草梁山的林沖，最終林沖火併王倫，結束了一個目光短視的書生性命，這就是亂世文人的下場。但那個智多星吳用也是一個私塾學究教書先生，教書先生也迫上梁山，最後成了聚義英雄的軍師，相信每個時代都有適者生存、隨機應變的文人。

話說那個動盪不安的亂世，相信和今天的香港比相差十萬八千里。有一句千古不變的話題就是：社會不幸文學幸。在這個北宋末年的動盪年代，宦官童貫及弄臣蔡京把持朝政，那個沉溺「瘦金體」的帝王哪還有心思治理國家，他或許治理江山心有餘力而不足，於是讓位給欽宗，做他的太上皇，可惜為時已晚，大宋江山在風雨飄搖中如急墮的流星。

在這個動盪的年代，文學的星空中卻閃耀着眾多耀眼的星光。司馬光的賦文、王安石的詩詞、一代文豪蘇軾的詩詞文等千年傳誦。值得一提那個文學大學士蘇東坡，他

被政治迫害為官一貶再貶。他所到謫官之處留給後世的文章為寫作人追隨莫及。蘇軾遊歷廣闊，為人積極樂觀，雖處逆境屢跌屢起。遊赤壁時豪氣千斗，一曲〈水調歌頭〉大江東去，淘盡歷史人物留下江山英雄的追念；「欲與西湖比西子，淡妝濃抹總相宜。」；「竹外桃花三兩知，春江水暖鴨先知」；「不識盧山真面目，只緣身在此山中」……以杭州、惠州、盧山等等平平常常的山光水色因有蘇詩的渲染而光芒四射，遊人如鯽。當蘇軾官貶至崖州（今日的海南島）時他的政治對手還窮追不放，密切注視他在這個天崖海角邊緣文化的南夷之地是否在韜光養晦，等待某一天捲土重來。而蘇軾在人生地不熟及政治險惡環境下還能保持天生樂觀的態度，有時便想起他的詞「竹杖芒鞋輕勝馬……一簑煙雨任平生」；「但願人長久，千里共嬋娟。」便想起他對兄弟的情感；「十年生死兩茫茫，不思量，自難忘。」便想起他對亡妻的懷念之情。那個宋徽宗成了歷史帝王的恥辱，而蘇軾的文章卻成了文學歷史的豐碑。

話說回來，《水滸傳》這部歌頌英雄主義、動盪的亂世官迫民反被迫上梁山的章回厚重小說，一段段情節緊湊曲折，一個個人物描寫刻畫精彩絕倫。林沖冤屈中的「誤入白虎堂」、「血濺山神廟」到「火併王倫」；武松景陽

崗「三碗不過崗遇虎」、「殺嫂報兄仇」、「醉打蔣門神」、「血濺鴛鴦樓」……這些情節與當時的社會有沒有聯繫？答案是肯定的。其實中國古典四大名著都是在影射當時的現實社會。我想說的是現今許多寫作人提出：文學應遠離政治！如今因相方的政見不同而漸漸彼此疏離，雖然曾經是相好的文友，這確是一個存在的現實。

最後我想提出幾個問題就是：

一、政治家沉迷於藝術是否亡國的肇禍？

二、「社會不幸文學幸」是否千百年不變的定律？

三、文學是否遠離政治？而文學涉及重大題材是否都離不開政治？

【輯三】

【疏葉流雲】

中轉花香

百米外已聞到淡淡的清香，漸近，淡紫色、粉白色、紫紅色、淡紅色、粉紅色……一叢叢樹葉，葉就是花，花就是葉；一朵朵鮮花墜滿枝，漸近，鋪天蓋地，映入眼簾的花海。

宮粉羊蹄甲、大葉紫薇、紅花羊蹄甲、洋紫荊在偏於城市一隅，金山郊野公園腳下的石籬中轉屋第十座側邊，趕在春日陽光燦爛的日子，繁花怒放有如鮮花着錦。春日驟過，繁花轉眼灰飛煙滅。人如置身在一座春日花海的花園中，輕風徐來有如鵝毛拂面，芳香撲鼻。枝頭雀躍，斑鳩咕咕，留連不去，春日嫩葉，老樹常新，抬頭花飛花墜，落英繽紛。

在這個繁華的大都會，有人住在半山別墅，高樓望海；在這個繁囂的大都市，旺角街頭行人如鯽，朗豪坊貴族麗影。我住在這石籬中轉屋，偏僻於金山腳下一隅，曾經躲過旺角排檔大火，目睹親人葬身火海；我住在這石籬中轉屋，遠離鬧市的喧囂，曾經避過牛頭角唐樓倒塌一劫倖免於難。人往往過了一個坎就會忘記往日難忘的傷痕而不珍惜眼前的平淡。在這個繁華大都會，幸福不是必然的，高

樓望海，高牀軟枕，吵吵鬧鬧，每日為誰忙碌？花樹叢中，花葉影中，公路飛馳忙碌的都市一族怎會為身邊的花香而駐步停留。這中轉屋小小的空間，避劫已是不幸中的萬幸。日出而作，日落而息，夢醒，窗外飄來淡淡的花香，鳥語枝頭，守候一年，春日花香又至。

二〇二二年，石籬中轉屋將會移平重建，這座花海的公園是否和這一座中轉屋一樣消失於某年的春日？或這一篇日誌消失於時間的洪流，而並沒有誰提起！

黃金夕照

隨意春芳歇，王孫自可留。

——王維

豁然開朗，海外是海，巨輪接天；香江青山，黃金海灘，金光閃閃。圍網內，嘻聲擁浪，舒展雙臂投入大海的懷抱；沙灘上，泳客如雲，躺在幼沙上享受落日餘暉的日光浴；廣場上，行人如鰂，悠閒漫步在這青山夕照的黃金海岸。

巨石是海中築起一座廣場的筋骨，堤壩如一堵堅不可摧的水中城牆。海豚也躍出海面，定格成一尊塑像，昭示着人們對大海的敬重。堤壩圍成的避風塘，漁船、遊艇在碧波中晃蕩如嬰兒在搖籃中酣睡。人如置身蓬萊，看龍珠島的別墅如一塊塊海岸的明鏡，在夕照下閃動着迷人的異彩。廣場邊的紫荊樹上，倦鳥知返，眾鳥和鳴，仿如羈旅遊人聽到遙遠故鄉的聲聲鳥鳴。黃金酒店，椰樹成林，斜陽和翠綠交相輝映。樂園天地，孩童追逐，天真的笑聲在滑梯中回蕩。沿路漫步，麻雀成群，斑鳩點頭在你面前引路。亭臺長椅：有的喁喁私語，如微風吹拂葉子的沙沙聲

響；有的閉目養神，享受綠蔭斜陽中的片刻寧靜；有的聚精會神，在柔柔的海風中沉迷展讀。

憑欄近望，高樓林立，在落日餘暉的映照下金碧輝煌。樓群內，舞臺的歌聲漸漸響起，有如一陣陣悠悠的海風拂面。憑欄望海，銀浪碧海，漁舟唱晚，鐵鳥騰空。岸邊垂釣而悠然自樂，浪擁細沙看雙雙倩影。青山夕照下的黃金海岸，海面折射萬道金光，有如置身范文公筆下「春和景明」的洞庭大觀。

海風依然，濤聲依舊，青山依舊在，又見夕陽紅。昔日漁港，割地殖民，歷經百餘年，回首歷盡風霜。往日香江，百年經營，亞洲的金融中心，耀眼的東方明珠。有人說，如今香江，眾聲喧嘩，人心漂浮，正如日落西山，今非昔比。非也！今日香江，「一國兩制，港人治港」，如今夕照不正是明天晨曦的旭日東昇嗎？！

春日盛會

都睡醒了嗎？

宮粉羊蹄甲、大葉紫薇、黃花羊蹄甲、洋紫荊早已準備就緒，他們要參與春日桃花林的盛會。紅的俏臉，白的如瑕，綠的嬌豔，青的翠美。爭妍鬥豔，落英繽紛，不似櫻花，勝似櫻花。風姿綽約，嬌媚百態，不似桃花，勝似桃花。苦棟樹穿上緊身舞衣，她要脫掉「苦戀者」的不雅帽子。「苦戀一棵樹而放棄整個森林」，她有點想笑。「哈哈」，苦棟樹苦練舞姿，重新出發，只有愛惜自己才可得到別人珍惜及愛惜別人。斑鳩咕咕在春情勃發。杜鵑啼叫，山林裏呼叫知音的和鳴。紅棉在家裏趕製着點燃春日濃霧的晨曦燈籠。迫不及待的是穿上翠綠連衣裙的鳳凰木，她在春日的舞臺上要將綠衣如海燃燒成烈火熊熊的風景。那個躺在公園石凳下的露宿者沒有甚麼夏的季節，更不知道大地回春的覺醒。

背後的風

　　夏日早上爽朗的小公園看不到一朵顏色的鮮花，夏日不見的色彩是暴冽的風吹襲消散殆盡嗎？濕潤的泥地裏只有小草默默地茁壯，強風在他們的頭頂嘩嘩地刮過。小公園的水泥地濕漉漉，夏日風雨的突降洗刷了昨夜浮夢連連的懨懨倦容。凹凸的水泥地殘留一灘淺薄的小水窪，裝飾的天空影照樹頂灰暗雲層外有陣陣陰風暗湧。樹下被強風吹襲遺落的一層層黃葉連青綠的嫩葉也不能倖免。躺在石椅上熟睡的露宿者與野蚊瘋咬、狂風亂舞全無關係，是活死人對背後的風全無感覺嗎？難道生活總要承受逆風的侵襲？

　　讓風來得更強勁些吧，讓暴雨洗刷臉上凡囂的塵埃，濕潤泥土的小草只是搖頭而勢不低頭。

太陽雨

　　陽光下，黑雲遮天蔽日。暴雷在烈日下的黑雲裏翻滾、咆哮。雨水如潑，淋濕了那些沒帶雨傘的趕路人。

　　轉眼間，烈日穿透雲層，頭頂盡是不可對視的烈焰。黑色的柏油馬路，一片片水漬泛着白光。總有那麼一兩個學生哥／姐在公路上揹着沉重的書包飛跑，可總是趕不上學校關門的預備鈴聲。雷雨過後，公園裏處處都是濕漉漉。樹葉的塵垢被雨水洗得一乾二淨。樹葉在朝陽的照耀下閃閃生輝。穿着黃色有「新生會」標記外衣的清道夫，一大早已將公園洗刷一新。清道夫曾經有過灰色的往昔，浪子回頭也會活出一番新天地。那個長年躺在公園石凳的露宿者，斑鳩走在他的側邊咕咕叫着；落花飄落他的一動不動的雙腳下。難道他是一堆只有呼吸而等待黑衣人收拾的垃圾？

　　清潔阿姐為公園打扮一新。來公園娛樂的長者在整潔的公園裏消磨着人生歲月的餘暉。公園外的市聲喧囂，這麼一個清閒的公園可以保持多久？

　　忽明忽暗的六月，離七月不遠了。

留不住的馨香

一、

眼睛囚在網路的螢屏裏，瞳仁沉溺在四季的花海。色彩繽紛的吐豔聞不到花香撲鼻的馨香。漸漸，追擊放大沒打格的粉紅色。眼睛續漸模糊視野，赤裸欲念，呼吸急促烘焙刺鼻的黴味。直至，眼睛失明迷失在網路的螢幕外。

二、

有風，微風。樹伸一伸懶腰抖落季節色彩的繁花。就在今日，夢中期盼了多少個夜晚？經過多少個守望和等待，在今日，是開花的都要盡情綻放。我要將妳燦爛的季節留在文字的記憶裏，為何啊？小鳥的吱喁，綠樹的鳴叫擾亂我的思緒……

三、

虛擬分辨不清真與偽，凝視妳直率的吐露，欣賞妳季節激情的綻放，深呼吸妳色彩豔麗而濃郁的馨香，醉倒在一路的芬香中，不願離開。

四、

春日上演桃花源的舞臺劇即將落幕，夏日的擂鼓咚咚即將敲響。今日的對望，百年後煙消雲消，我留下一點文字的記憶，祈望百年後有一個站立在石籬桃花源的微風中的少年，在春日的花海下依然沉醉……

五、

批評是落花被路人的踐踏，一陣風，花落花飛，絮語在耳朵搔癢。依然故我，季節孕育靈感，等待下一場濃霧的籠罩，輕撕開流言的薄紗，細雨茸茸，又一場漫天飛舞。

六、

只有妳一個留連於我的身旁，而我早已無動於衷。公路急跑的腳步如逝去的那一場邂逅。再不敢跟妳對望，怕又撞擊出雷電。那一個雷電的夜雨，雨如淚，等待天明，擦亮了那一夜，而妳終在朦朧的回憶中消失……

七、

嚴霜枝頭的花蕾正要吐蕊，妳轉身離去如翻飛的蝴蝶，看不到我一路的馨香，從此妳音信全無。

牙痛

　　牙齒是不會失眠的，牙齒的根部疼痛而使人昏昏欲睡。痛不會安睡，失眠比痛難受。不會痛的是牙齒，牙齒的根部因疼痛而徹夜失眠。顯露快樂的牙齒，外表是強硬的，根部卻是脆弱的。心太軟的朱古力有如容忍嬌寵對方便滋長對方對你的輕視；放縱了愛的橫蠻受傷的只有你自己。現實的世界既是白天的血腥又是黑夜的溫柔鄉，口中香煙的狂吐是壓抑的傾訴還是對現實無奈的漸漸麻木？酒是刺激的；辣味是刺激的；因為對方的崇拜便衍生超強的自信是刺激的；因為滔滔不絕而令對手啞言是刺激的；拒絕別人的眼光是刺激的；放縱自己是刺激的。因為刺激慢慢腐蝕堅強的牙齒。種種利誘和自身的不安份侵蝕牙齒的琺瑯質，根部被腐蝕有如青蔥的大樹被真菌一天天侵蝕而腐爛的樹身。

　　不分早晚用力刷掃牙齒表面的積垢有如「吾日三省吾身」。用刺激的漱口水滲入牙齒與牙齒之間的縫隙，有如細菌的侵蝕拒絕在根部的門外，或有如自我的約束就是提升自身的免疫力。

　　因為腐蝕而染黑的牙齒被徹底拔除，鑲嵌的一隻假牙有如一個改過自身的真真實實的一個自己。

公園的氣氛

　　長椅橫放坐着自言自語的一個長者。「哈哈，我都講過 N 次叫你不要這樣做，你就是不聽。不聽不聽不聽，哈哈。其實你這樣做是對的。對的，對的，對的。哈哈」。自我演說總會口乾。你一邊抽着煙一邊將一大罐汽水倒入口中。長椅的側邊散發陣陣騷尿味。旁邊坐着的另一個長者都不看你一眼。你一喝完一罐汽水後，一甩手就拋向背後的圍牆。你長長吸一口煙吐出，又在自我演說了。旁人都覺得你是瘋子。你的反常在正常人的眼中都是正常的，只要你不騷擾他人，大家也就相安無事了。

　　九月的紫荊花還未開，清晨呼吸着公園鮮綠的氣息。微風一吹，黃葉紛紛亂墜。一個長者在吞雲吐霧，旁邊的一個長者不停在咒罵。

　　「公園不准吸煙，你的眼睛是不是瞎了！」

　　「關你甚麼事，走開啦！」

　　吸煙者都老了，手微顫，兩眼目光呆滯，卻不走到無人的角落吸煙，罵他的長者也不回避，似乎自己是一個理直氣壯的強者而勝券在握。罵者便愈罵愈激動，愈罵愈大聲。只要兩個正常人在對罵，罵聲就不會停止。圍觀者見

罵者來真格的便紛紛走避。吸煙者也只好落荒而逃。氣氛緊張時要麼對峙要麼妥協。旁觀者也各自各做回自己要做的事了。

最後的輓歌

　　曾經嘲笑綿竹的柔弱、虛心如鵪鶉瑟縮一旁。闊大的葉子、強盛的羽翼，在暴風雨來臨抖動得嘩嘩聲響，嚇得小草低頭而不敢仰視粗壯的軀幹。向上不斷撥開的視野，愛情的根日夜掙扎，曾經誓約的愛人日漸疏遠，荊冠光環黯然。種子或重複輪迴或在另一遍土壤扎根。只有深沉的泥土才憶起往日曾經飄灑的一地飛花。一群黃昏的烏鴉飛臨光禿禿的枯樹骨架，啄食曾經綻放時的氣盛孤傲。

黑夜中煉獄

　　全無一人，鳥鳴的婉轉還在牆壁的洞穴裏沉睡。風如仇恨者的怨氣、如寒霜撲臉。全無一人，在這個未見晨光透射，四周黑沉沉，橙色街燈如將熄蠟燭樹影搖晃、如鬼影飄蕩，在全無一人的空曠而狹窄的球場。全無一人，在這個空蕩蕩的球場站着沉思一會，寒風呼呼，鼻水如淚是為逝去的靈魂而哀哭嗎？

　　如今這個球場春日繁花盛放如置身花海的櫻花林，長者柱着拐杖兜轉圈子轉眼又成飄泊的魂靈……

　　晨光如劍氣殺來，年輕的晨運者，在這個球場上漸次登場。

風 · 景

　　顏色是風景。

　　是粉紅還是粉紫？紫荊花在綠葉叢中吐豔。幼小的麻雀在樹頂展翅掠過。斑鳩在水泥地上咕咕的拍翅點頭。花是開不敗的，今日的威風被寒風冷冷地掃落一地，落花如曾經的榮耀，泥土的根因而漸漸粗壯。公園的垃圾桶是黃色的。黃色有警告、提醒、驚覺的意義，又有枯萎、未落、色情的含義，也有皇族、顯貴、高檔的涵義。今日早上的天外是灰濛濛的，藍色是暫時看不見了，一經烈日射穿雲層，藍色是開闊而亙久的。

颱風過迴廊

　　大海的浪日夜奔湧彼岸的盡頭。拍岸的浪在烈日的火爐裏日夜蒸騰、揮汗如雨，浸濕浮雲的大毛巾。大海在深呼吸，向陰暗的地球邊緣呼喊，向陰霾戰火的地球邊緣呼喊，喊出一個個風雨雷霆，十個雷霆聚變成一扇風雨旋渦，猛烈搖晃旋轉的風雨在大海的波濤瘋狂舞蹈。

　　風瘋了，沿岸旋轉狂風的舞姿，抱不緊家園母親的懷抱，黃葉紛飛墜地，沾濕破碎了沉重的翅膀無力飛翔。雨瘋了，裹挾着風成箭雨，撐不直的雨傘紛亂傾斜，發出箭傷的呻吟。塵埃被風雨撲殺，溶入風雨渾濁一片，等待風乾後遮蔽腐蝕堅固的生命。

　　風雨咆哮着撲向迴廊的行人，撲向扶住欄杆的路人，撲向猛烈搖擺樹枝的安樂窩。雨借風勢，風乘雨威，嗚啦啦，嗚啦啦，雨傘吹反變形，擋風角落的婦人用力拉扯傘柄裹足不敢前。有的漢子不帶雨傘任由風雨橫掃無遮掩，瀟灑風雨，淋濕的身體歸家似箭。

　　風並未停止，雨嘩啦啦還在潑灑，濕漉漉的迴廊淩亂着歸家的腳印。街燈外天際邊的烏雲峰湧集結。

　　風雨並未停息。

二〇一五年十月四日
（三號風球彩虹擦過香港吹向海南島）

停不了的翅膀

　　白浪滔天，海浪洶湧。抬頭，墨雲密佈，風起雲湧，雷電的囂叫即將來臨。雨，是大海看不見旭日時光的鬱悶的淚，如潑。寒風，要脅淚雨成霜。霜晨的大海。大海的浪尖翻飛着一雙雙停不了的翅膀，時而呱呱吶喊飛向前方，時而在逆風中深呼吸繼續滑行翱翔，時而拍動被浪濤打濕了的羽毛，飛向彼岸的灘頭。

　　斑鳩的羽毛濕了，烏鴉的羽毛濕了，麻雀的羽毛濕了，一場場風雨打濕飛躍行進中的翅膀。如今季節的寒流裹挾着冷雨撲向沾濕的羽毛。天邊的烏雲更濃烈了，風愈吹愈猛。雨點如箭打在一雙雙濕透的羽翼。讓風雨來得更強勁些吧，抖動而停不了的翅膀便無畏風雨的來臨。

冷雨，風

　　晨光被灰灰白白濃厚的雲層阻隔在咫尺之外，阻擋在胸前的冽風竄入門縫窗隙嗚嗚怪叫。寒流鋪天蓋地，光的黑夜，冷。感觸不到溫熱的目光，人的心更冷了。推門，你得用力向前，邁出腳步啊。一個雜工躺在深夜的牀上輾轉難眠，他的手臂，在冷雨來臨時便開始麻木，如機械人重重複複的動作還未加上潤滑的油溫潤。雨，霧雨茫茫，金山山頂的青山不見，追逐晨光的腳步還躺在暖暖的被窩。風，冷風裏夾着冷雨，更猛烈了，嗚嗚嗚，樹頂的樹枝低頭擁抱樹根的雙腳，斑鳩奮力展翅飛上一動不動的圍欄。風更凜冽了，嘩嘩嘩，弱小的麻雀一群群吱吱喳喳從一棵樹飛往另一棵樹，以抵抗肆虐的風雨。紅豔豔的花在風雨中四處飄零，還在樹枝吐蕊的幼嫩便要承受冷風的考驗，而嫩枝在風雨飄搖中漸漸長大。

　　你得向前走啊，一個肩膀受傷的雜工，在冷雨中仰望灰朦朦的天際，穿上保重的厚衣，而風，在臉上呼呼竄逃。

市聲晃蕩

　　昨夜的猛風吼了一晚，呼呼聲裏夾着北方的寒流，鳳凰木還未開花，洋紫荊的花橫掃一地，幾朵粉紫色的光在橙色街燈的樹叢中搖搖晃晃。晨光阻隔在灰暗泛白的雲層之外，城市的上空陰陰沉沉。一陣陣冷風嘩啦啦掠過樹枝，幼小的軀幹瑟縮顫抖。又一陣陣猛風刮過樹枝，一隻隻麻雀飛落躲避的簷頭，吱吱的在冷風中哀鳴。冷雨打落在行人的臉上，腳步急促，外面的聲音當作耳邊吹過的風。風吹止了一陣，一隻斑鳩銜着一根枯草撲次次的飛臨樹葉叢中準備過冬的暖巢。又一陣冷風嗚嗚刮來，公園的露宿者還在蒙頭大睡，他的身邊早已準備了一牀破爛遺棄的棉被。風止了，雨停了，晨光還在濃密的雲層之外。城市街道掃地聲沙沙漸次響起，乾淨整潔的城市見證了飄零葉有了歸宿。公路急促的汽車聲隆隆呼呼地駛去看不見目的地的終點站。巴士外牆的明星圖像，嘴角輕翹一動不動地注視着路邊投注的冷眼。

　　眾聲喧嘩如一尾尾遊蕩的暈魚，無人看見早有一張羅網拋撒，暴網撈起一尾聲音，轉瞬間消失得無影無蹤。

　　市聲晃晃蕩蕩，滿街依然是急促行走的低頭一族。

二〇一六年一月二十日

悄無聲息

　　昨天的熱浪還在午日的頭頂蒸騰，今晨款款擺動的樹葉拂搖着冷清的微寒。來不及擁抱夏日大海澎湃浪湧的胸懷，落紅殆盡映入眼簾的是一片片碧綠的秋之旋律。馬路奔馳的市聲掩蓋了落日黃昏歸巢的鳥鳴，來不及回復久別故鄉熟悉聲音催促的問候。來不及回望月光融融下沙灘追逐的戀愛時光，轉眼將到入夜的燈籠閃燃跳躍的童真。在寒流來臨之前，斜坡野地的小黃花啜飲夏日最後的露珠無悔碧綠後的枯萎。突然驟覺今夜的碧海清暉，一輪午夜的銀盤正悄無聲息飄入相思的凝眸。

二○一五年九月十日

刊於《中國散文詩人》（二○一五年團結出版社版）

樹樁的墳頭

　　每年的深秋及明年的初春，一進入這個小公園便有一陣陣紫荊花香撲鼻而來。清晨的綠葉還睡意濛濛，鳥兒從一樹的枝頭飛到另一樹的枝頭。公園中的一棵老榕樹見慣每天嘈雜的市聲一天一天銷聲匿跡。仰望榕樹密葉透出天際灰白的晨光，感覺自己還幸福地活在天際的邊緣下。一對灰頸斑鳩撲次次的降到地上，雙雙點頭貼近翅膀，鼓起粗硬的頸咕咕咕地挑逗對方。一個年輕而接近中年的少數族裔露宿者睡在冰冷的石凳上，厚重的綿被蓋住頭和腳，無人知道他的身世來歷，連他自己也不想知道。他的家庭和他經歷的工作是可怕的吧？無人的公園才是他溫暖的天地。一個躺在石凳的露宿者，隨着光陰的流逝，如一棵樹轉眼變成樹樁的墳頭而消逝無聲。一個寫作者提起他又有甚麼作用呢？

　　遙想外父退休後一早飲完茶就會到這個小公園晨運、下象棋或看人賭牌九。

　　清道夫在公園的梯級沙沙地掃着斜坡的落葉。眼前的水泥地曾經滿地翻捲跳躍芳香撲鼻的飛花，如今只見幾片黃葉的地上，我好奇張望。

早晨阿姐，那棵紫荊樹怎麼鋸掉了？

早晨，鋸掉很長時間啦，樹生蟲了！

啊！

樹生蟲了。是第二棵了。難道美麗的都經不起考驗？還是天妒紅顏？還是生命本來是無常而短暫的？

不遠處有一棵年輕的紫荊樹，樹葉青綠稀疏看不見有雀鳥在枝上爭鳴，有幾朵紫紅色嬌嫩的紫荊花飄落被截去樹幹剩下樹樁的墳頭上。

不知不覺，外父已離開我們已六七年了，而我們只在清明淅瀝雨絲時重新再憶起你刻在石碑上那一雙眼。

那雙眼一動不動注視着我們的姍姍來遲。

啄打後的灰斑鳩雙雙各自飛去棲身的樹枝；沉睡石凳的露宿者還未清醒；清道夫沙沙掃着落葉的歸宿和自己的命途；又一葉紫荊花飄落，我得奔去上班的路上了……

二〇一七年三月十六日（石籬大隴街公園）

馬的自嘲

馬有八個口，在楚河漢界的棋盤對奕中有「威風八面」之稱。作為一匹馳騁沙場、日行千里、久經戰陣的戰將，馬是一個棋子嗎？

帥端坐九宮，十五員戰將都是為了帥的安危各施其職。車的橫衝直撞，所向披靡；炮的遠程遙控，炮發連天，敵陣硝煙四起；兵的「唯有犧牲多壯志」的大無畏精神，浴血奮戰，甘當馬前卒；相的外牆高築，為元帥的安危功不可沒；士的貼身防衛，如一件防禦利器的鐵甲。而作為一匹馬嘯西風、橫刀立馬、雙馬飲泉、馬後炮、側面虎、釣魚馬、車馬冷着、棄馬十三着等等的招式為元帥的安危及戰場的勝負真是功不可抹。

馬獨當一面，可以自詡為戰場上英雄中的英雄嗎？馬可以闖入禁宮，將帥逐出九宮，自己逆位成帥嗎？

「其實我也只不過是一個棋子而矣！」帥對馬說。這時馬才如夢初醒。

連帥都是棋局中的一個棋子，自己也是為帥出生入死的啊，馬恍然大悟。

颱風克格比

　　時而微風婆娑，大樹沙沙作響；忽而萬獅齊吼，天像要塌下，窗戶緊閉，滿屋飛沙。時而千箭萬箭億箭齊射，嗖嗖作響；時而擂鼓咚咚，鞭炮聲劈啪齊鳴。街上偶有行人，箭步如飛。一陣風呼呼掠過，屹立路邊的街燈發出耀眼的光芒；又一陣風嘩啦驟至，搖搖欲墮的燈柱街燈明亮依舊。又一陣颶風瞬間令兩耳轟鳴，天像要坍塌，呼呼從頭頂、嗚嗚從身傍、嘭嘭從背後從眼前掠過。窗戶緊閉，窗外時而百萬雄獅過長江，吹枯拉朽不可逆；時而元兵征日起風神，檣傾楫摧不可違。時而微風細雨山泉叮咚響，偶而公路呼呼汽車似漏網之魚；時而樹頂樹枝向地掃，樹幹歪斜欲拔起。窗外八號風怒號，屋內微涼扇悠悠。窗外陣陣風響難入眠，明天上班強入睡。

　　（克格比是今年第四個八號颱風威力強大的一個。）
　　　　　　　　　　　　　　　　二〇〇八年九月二十四日

十號天鴿

　　窗門打開半點，突然「嘭」一聲，窗門打開，烈風魚貫而入，木門「嘭」一聲巨響，瞬間掩埋；貼在牆上的紙條紛紛吹落一地。關緊窗門，窗戶外樹枝猛烈搖晃，行人舉傘過頭不敢撐開，向前走了幾步，一陣狂風掩至，行人急急退後返回避雨的公共屋邨大堂。昏暗的白天，街燈發出橙色的光照。

　　打開螢幕，這隻飛鴿由三號急速爬升到十號。可以不用上班安睡，但我不知道十號是一個甚麼樣的風暴。

　　走到大堂，有人拿着雨傘站在門邊張望不動。推門前行，玻璃門外狂風大作，葵樹伸長的粗葉吹到貼立樹幹；一個空塑膠瓶在地上打滾兜圈，嘩啦啦貼在地上跳着旋轉的舞。飛瀑般的雨粉撲面而來，行人裹足不前，有的躲到邨屋樓下休息處望着不斷旋轉的風，站着不動迎着撲面而來的風雨。

　　急速閃着警號的消防車嗚嗚嗚響着警笛聲在公路的一邊響起。飛鴿在上空盤旋，數百公里的翅膀拍翼、舞動，零碎的羽毛變幻迴旋的風暴旋渦。看不見雲，只見灰暗的天際，樹枝開始折斷，一架噴射的客機在邨屋的樓頂盤

旋。人站在避風處，雙腿開始發抖。「啪」一聲鞭炮的巨響，玻璃碎片瞬間從樓上飛墮而下，五米外的行人張大眼睛倒吸一口涼氣，張開嘴然後笑笑走入簷篷。嗚嗚嗚十架噴射客機在數百米的屋頂盤旋，坐在長椅上感覺冷風冷雨的氣流湧來。一群群綠葉的蝴蝶在風中起舞，飛入眼簾裏的瞳孔又隨風飛去瀑雨的空間。濕漉漉的麻雀抖動翅膀吱吱聲後又飛上無人窗外的避風角落。十架噴射客機嗚嗚嗚嘩嘩嘩又在邨屋樓頂盤旋，消防車的警號聲嗚嗚嗚又在公路的另一邊響起。鳳凰木的樹枝折斷捲入無風的角落，綠草在泥土中不斷顫慄發抖卻又始終屹立不倒。

公路的紅綠燈叮叮的鈴聲時而急速時而緩慢孤獨而又堅守如一自己的職責。

飛鴿繼續在上空舞動風暴的旋渦……

昏暗的白天，街燈依然發出橙色的光照。

夢回七星岩（之一）

嶺南第一奇觀（藏頭詩）

嶺北七仙子，南山七堆山。

第宅歸牛郎，一仙名織女。

奇情不羨仙，觀慕在人間。

　　進入石室岩洞口前，不同年代文人墨客的書法銘刻在岩前的石壁上蔚為大觀。明代萬曆年間兩廣總督戴鳳岐題，李開芳書的八字隸書「澤梁無禁，岩石勿伐」字大如身，點劃如手，銘刻在一塊光潔平滑的岩石上，薰染了儒雅的人文氣息；吐納着字正方圓，飄逸揮灑着中華文化的書法靈氣。「澤梁無禁，岩石勿伐」寓意湖泊遊魚可以捕捉而山石岩石就不可濫開濫採，四百餘年昭告今人銘記山石的環保意識。文安井的楷書「嶺南第一奇觀」字字粗壯健碩，有如蒼松挺立，胸懷吐納着天地之精華。直立在龍岩洞口石壁上的「嶺南第一奇觀」，凝神佇立，山樹搖曳，清風輕撫神思。仰視字立峭壁，一幅工整的書法作品貼立山岩有如一本書的封面。進入七星岩有如進入奇觀的一座

山，一座山的遊客便踏足七星岩湖光山色的自然奇觀了。

穿越石室岩，走出洞口附近就是碧霞洞的千年詩廊。

我獨自走入碧霞洞的千年詩廊，一首詩銘刻在光潔的岩石上，岩洞便閃爍了千年的生輝。

一個詩人有如一壁千年詩廊中一幅書法般的孤寂，這一個詩人等待妳駐足停留已逾千年。

夢回七星岩（之二）

　　如今相思樹開遍，紅豆掛枝頭，妳如一朵青蓮般的女子，躲進一粒紅豆等待一個前世冤家凝望。孤身等待一匹白馬的蹄聲，等待一個顧盼的揮手，等待一聲聲杜娟啼叫的和鳴……相思很累，自從我的眼神溶入妳的眼波，相思的紅豆便在彼此的心坎中發芽。分別的路很遠，而相思的心種在彼此的心裏。

　　水月宮香煙飄渺，金身菩薩凝望一代代的香客如出入宮門的過客。宮門外一對紅砂岩石獅口含玉石，冰清玉潔有如不改初衷誓言的承諾。鳥聲沐浴月光，我們在宮門外呢喃；早已聽慣俗世的雷聲，我們默默無語；有時烈風狂號，刮斷大樹的枝椏，我們默默不語，承受人世間的風雨。風月都是如此匆匆而過，宮前的湖水清藍依舊。屈指可數，我們的愛轉眼已四百五十四年。

夢回七星岩（之三）

　　晨光還在沉睡，青蓮湖煙波飄渺，湖面影綽沉浮七粒妙齡仙子。光陰倒流，少年的嬌氣如蓮花綻放。

　　青蓮般一樣的女子，妳在哪朵青蓮躲臟？堤岸綠柳映山紅開遍，杜娟喔嗚啼嗚依舊，湖心亭不見伊人，一隻白鶴拍翅沿湖面掠過。今日的煙霞昨日的飄渺，我被妳淡淡幽幽迷濛的氣味吸引。

　　石室岩龍岩洞穴，一葉孤舟沉浮漣漪，孤寂地等待一個如青蓮一般女子顧盼的眼波。

　　詩的孤寂，一個人的溶洞。前面浮光一盞盞青燈閃爍；一個人的溶洞，詩的孤寂，妳早已抽身離我而去。

　　玉手在岩壁中凝固，青蓮般一樣的女子，妳在閃爍迷幻的燈光中幻化。溶洞盡頭白光頓現，不願回到夢醒的晨光。

石凳哀歌

究竟我要過怎樣的一種人生？

冷漠冷漠冷漠，目光全是冷漠。曾經對妳熾烈的仰慕，如今為何心如止水？烏鴉的怪叫在晨光來臨前從頭頂掠過。掃地的沙沙聲伴我與妳在夢中相見。落花飄落，斑鳩時而在我枕邊點頭問候。

究竟我要過怎樣的一種人生？

隆隆的汽車馬達聲承載着路人人生的希望遠去，那是我曾經有過微笑有過被嘲諷有過被責罵的喧鬧記憶。

夜色漸濃，街燈伴隨寂寞的公路竊竊私語，忙碌後疲憊的都市一族如水般流入一道道叫家的門口。而我的家在哪裏？

我笑，我如一隻被遺棄了的流浪狗，某一天我的腿腳走不動了，餓死街頭招來一陣陣的白眼。

我笑，街道的圍欄，圍欄外煙霧瀰漫，有時歡唱，有時血流一地。我睡在涼爽的水泥地板上不及睡在涼快的石凳上舒適長久。

我笑，流浪的貓兒都是同情施捨可憐慈悲的寵物。

我笑，我也曾對妳真情流露，是我錯了，可妳已經絕

不回頭。

你們都在背後冷笑我，有誰知道我是在嘲弄你們的人生。

讓我沉睡不醒吧！但妳為何在我的夢中如夢遊太虛般飄忽。想抓住妳的手，妳嘴角含笑便如風般飄走。

夢總會清醒，當灰斑鳩在我的耳邊咕咕點頭叫喚我時。夢總會清醒，當飢腸轆轆飢寒交逼，我聽到妳在我夢醒時分的呼喚。

二〇一五年一月十四日　星期三　寒冷

肇慶崇禧塔賦

　　萬曆肇慶知府王泮興塔兮，孤寂站立於天地。

　　映朝霞而泛夕金兮，爾來有四百三十二年矣。

　　陰雨連綿春日兮，堤岸桃紅柳綠。河道清淺泛舟兮，三月曉風黃月。家門裏蒸飄香兮，五月初五龍舟。龍風捲地暴雨兮，七月炎炎流火。雷神擊穿天池兮，銀河瀑布飛瀉。西江濁水滔滔兮，毒龍漫湲洶湧。建塔登高降龍兮，文運聚賢恆昌。對岸巽峰高標兮，崇德鴻禧無疆。登斯塔飽覽西江兮，南北對通迎風。轉門逐級登斯樓兮，琉璃風鈴夕照。登斯塔而飽覽七星兮，端州大唐盛世。登臨塔飽覽端州兮，長堤橋岸車龍。憑欄近眺三橋兮，施工吊機隆隆。一橋二橋負荷兮，今橋不及舊塔。端州七星地靈兮，人傑遠勝昔日。江濱堤岸華燈兮，九層寶塔崇禧。四塔三橋靈光兮，兩岸相映爭輝。

二〇一七年四月十三日

青衣賦

　　飛艇剪海，白浪翻滾，舢舨顛簸，濤聲拍岸。遠輪貨櫃堆疊，聲聲駛近邊岸。青衣長廊，一龍橫臥海濱，龍背遊人閒散，扶老攜幼，柔柔海風拂面。青衣海濱長廊，妙齡女子，短褲褂衫，金髮飄逸，耳聽輕歌，雙峰暗湧，沿路漫跑。荃灣青衣，兩橋飛架南北，海上車輪滾滾，客運往返，一日千里，香江繁華境地。青衣城外，鐵路橋雄，一橋三線，綠色列車，頻繁靠站。青衣城外，對海填場，有冤魂彌散。遙想一九九六，一月十六，橋末竣工，工地塌方，生葬六人，毛骨悚然，史稱「六六無窮」。俱往矣，遙望青衣城外，浮雲峰湧，藍天白日，山頂高樓參天，香江彈丸之地，抬頭盡是屏風遮天。俱往矣，青衣海風柔柔，海浪濤聲依舊，碼頭吊機立林，工地意外從未間斷。

　　河馬，地盤紮鐵工人，喜好書法，甚緣文藝。如今建造慘淡，工人水深火熱，怒憤外勞搶奪飯碗。青衣海濱長廊，綠樹成蔭，時至三月，紅棉欲開，白鶴遊海，鳥語枝頭，留連忘返。文藝河馬，同是基層，傾談工業意外，血色經歷，斷手斷腳，見慣生死，唏噓不矣。

　　　　　　　　　二〇一七年三月四日　青衣海濱長廊

石籬桃花源賦

一、

　　花開，花葉桃紅粉白，脆薄嬌羞；花蕊白滑紫翠，鮮嫩嬌柔。蜜蜂鑽入溫柔花香，色香迷惑，欲生欲仙。螞蟻爬入樹頂的花蕾，吸啜含苞的脆弱。野芒在旁默默注視，不發一言，也不惹人注目，在風雨麗日中孤獨潦倒自己的一生。

二、

　　今天是西曆二〇一七年三月十二日，一個微寒有風的星期天，春日，石籬桃花源的一個球場上，有同事熾官、金司機和我三人晨運打籃球。可以講粗口拉家常，快哉；對攻，急轉身，上籃，入三分球，大笑；年紀大，不堪一撞，跌倒，肋骨發作痛了一個月，好了再來，快哉；和金司機鬥球，右腳筋脈痛足半年，稍好忘了痛，好笑；行行有壓力，行行都有職業病，行行都有非是圈，幾個好友來一場沒有規則的球賽，出汗，抒悶氣，被打得上氣不接下氣，喘不過氣來，笑對方渣豆，爽。工場裏充滿着是是非非，鑽牛角尖，只看對方的缺點，苦悶。文學的圈子裏充滿着是是非非，被長輩批評打擊，長嗟短嘆，憤憤不平，

心悶。有人說：千萬不要做好人！有人說：你說話太多了，講多錯多！突有所悟，最喜歡這句話：想開心，幾個人來打籃球！

三、

　　石籬桃花源每年花開一次，花期很快就會過去。這個微寒的早上，我見證了烏鴉在樓頂呱呱呼叫，而中轉屋在不久的將來也將會移為平地改建成新公屋；這個微寒的早上，我見證球場對面的福德古廟有群猴嘶嘶嗚嗚翻牆越過古廟圍牆向另一邊尋食，因為不知甚麼時候猴子會被消滅。如有人對我說：你每一天是怎麼過的？我可以說：幾個好友打籃球這一天快樂而沒有白過！

　　　　　　　二〇一七年三月十二日　石籬福德古廟球場

又到紫荊花開時

衝撞，圍堵行李箱；爭拗，揭傷疤，街上口號宣洩的人流。炎炎夏日的灼熱已經過去。

旗向街道，逼退，吶喊的日與夜。跟蹤追擊，橫洲起風波。辱罵，衝擊，亂哄哄真熱鬧，小孩兒螢幕前拍手稱快，一堆堆熱鍋上的螞蟻群。燃燒火辣辣的夏日已經過去。

寒風南下，寒氣逼近，群芳的色彩停止了喧嘩。今又冬意漸濃，妳挺立枝頭，寒風中搖曳，紫紅奪目，要在今日的秋冬綻放異彩。

風動紫荊，興之所致，胡言非亂語。七月前瞻，花開吐豔，暢所欲言。寒風凜凜，葉柳青翠，風姿綽約。香江香江，山上山下，萬綠叢中，層林瀟瀟，今又冬意漸濃，搶入眼簾盡是紫荊吐豔。

北風湧南而下，寒氣逼人。一香壓綠叢，悠涼，紫紅的花蕊在寒風中顫抖，瞬間墮落，滿園一遍哀鴻。

蕭殺的逆流，不為所動，妳依然在寒風中挺立，馨香滿街，沁人心脾。

妳依然在寒風中挺立，萬綠叢中依然是妳的明豔，紫

粉色、深紅色、淡白色，朵朵傲然卓立，如蘭綻放幽香。

又到紫荊花開時，眾花黯然失色，落紅在大地起舞，滿街飄香如故。

二〇一六年十一月五日

説之不盡的網絡

網絡如一個大染缸。

紅色的是火光沖天氣爆，逆子支解父母，捷運、昆明街頭暴力，平房飛彈，空中碎片，刀手，精神失常……

黑色的是黨爭，枱底，政治的惡鬥，陰影後的背叛……

粉紅色的是冷氣機側蹲着個脫光光、水池旁眾目睽睽大玩二索西、窗口下大聲呻吟後若無其事、集體全裸公園放浪……

藍色的是晴空碧海，湖光飛瀑，太陽系那一枚深藍色的明珠……

白色的是也有愁雲慘霧、法網恢恢疏而不漏、光天白日堂堂正正、道道路路規規舉舉……

未夠十八的在網絡浮游，最好要有成人引導，何況成人稍欠游水基本功便鼻嗆肚脹，如不慎沉入水底，救生員撈起也回天乏術。

讀破萬卷書不如行一整天路。寫不出詩的或如李賀揹詩袋騎毛驢沿途尋詩，說不定能網住一兩首，或網住靈感也好。

臉友形形色色，虛擬的世界難定真假。

沉浸於虛擬的網絡世界而不能自拔，總有一天抽離後而自醒。那個真正去寫一本書的，在臉書難以找到他／她的一言半句。

網絡如一個平臺，神交總有相見的那一天。資訊的飛速傳遞，相信詩的交流匯集、整合消化等等比文刊來得輕易。

那個一整天放一大堆信息，佔據你網絡視野卻從未看過你臉書的朋友，是否應刪除？

二〇一四年八月十九日

以硯的容量

詩怎樣寫？

詩寫出來了。有人匆匆瞥了一眼，哼出了冷冷的鼻息。有人專注閱讀，欣賞的眼光，千方百計找尋詩音的對話。

硯石誕生在河邊的懸崖，那些涉水、爬升、開鑿、搬抬、營役的採玉者仿如一個個閱讀、沉思、發掘、提煉詩句作詩的耕耘者。打磨、拋光、精雕細刻成一塊硯臺仿如一個「詩人」稱號的來之不易。

一個寫詩的引路人，當初我一點也不認識。詩心劍膽，為詩壇後來者甘為孺子牛；為寫詩的徬徨者甘願作嫁衣裳；為寫詩者在茫然不知前路時甘做指路明燈。一個寫詩的引路人，如一方硯池潤滑了一支支生澀粗疏的筆頭，那筆尖遊刃出一首首情真意蘊的詩句；一個寫詩的引路人，或如行筆揮灑的書法條幅卻沒有留下低調而不張揚的硯臺，以硯的容量，從不聲張。

一個寫詩的引路人，滿腹詩河墨海，一段段詩句如一匹匹黑豹奔突騰躍；一首首詩如碧空清暉月色映照荷塘蓮池迷幻似仙境，靈秀而實在，仿如一方厚重寬闊的硯池。

敢言，卻為寫詩的弱勢者發聲。不平則鳴，提攜扶植了多少在詩路裏足不前的後來者。

一個寫詩的引路人，藍領的名字，詩的緣故，被貧困所折磨；對詩的執着，背，微微彎腰；兩鬢斑白種植耐人咀嚼一首首低沉的民歌。一個寫詩的引路人，扶持新人諄諄引導，如一方硯臺墨藍的池海，潤濕了一支支生硬的筆毫。一個寫詩的引路人，不合群而孤寂，仿如一方沉實而不露聲色，甘為他人潤飾筆尖而從不提及自己。一個寫詩的引路人，一方低調而可愛的硯石。

一幅幅書法作品，仿如一首首長短詩篇中一個個活在黑白世界裏各自的背後人生。書法作品窺探人生，一幅幅懸掛仰望的黑白畫，一個個響亮和敬畏的名字，以硯的容量，而從不提及你的名字，一塊低調而不聲張的愚石。

以硯的容量，為文者。以硯的容量，作詩者。以硯的容量，甘願為他人作嫁衣裳，如一方硯臺，低調而默默的被忽略，靜靜的不提及自己。

我願似硯的容量虛心虔誠注目一方方厚重的硯臺。

但願，寧願。

【後記】

向大師們致敬

　　詩、散文詩、散文三者之間的糾纏、依存、自在如一個公園四季不同的風光，又如一叢竹林的傲然挺拔。一支竹詩意的骨子裏看到了竹子的虛懷若谷、氣質高雅的節操；由一支竹延伸開去的一株竹的散文詩，片片葉子迎風晃蕩如竹子在風中搖擺的舞姿，沙沙響聲在秋日呢喃中和晨光的鳥鳴唱和構成一首秋韻旋律。一叢竹的散文牽涉泥土的深根，野草野花枯葉也來熱熱鬧鬧昂首走入抒情敍述的廣闊天地。詩是少年，激情勃發拒絕昨天而對未來幻想的美夢，一朝幻滅茫然而不知所措；中年的散文詩，少了一點激情與牢騷，又不甘明日就此終結想要施展的天份。責任與道義，徬徨與不服構成一道人生散文詩的風景。老年又似一篇散文，真真實實，有着孩子的天真，又有着人生閱歷無奈往昔的真實感懷。

　　波特萊爾的《巴黎的憂鬱》不僅僅是寫個人的悲天憫地，重要的是憂傷的泥土總會開出芬香的玫瑰。屠格涅夫的散文詩對中國五四後作家群影響深遠。魯迅的《野草》中深蘊的意境、意象從迷矇中發掘社會的深刻處境和人性意義。對一棵樹的沉思，對一株竹的仰望，對作品的敬畏及對文字的虔誠……投入你神聖的寫作吧，相信，你也可以成為大師，一位文學的語言大師。

香港藝術發展局 資助

香港藝術發展局全力支持藝術表達自由，
本計劃內容並不反映本局意見。

本創文學 20

指望

作　　　者：岑文勁
責任編輯：黎漢傑
文字校對：聶兆聰
美術設計：KaHo & Kui (AIR GARDEN)
法律顧問：陳煦堂　律師

出　　　版：初文出版社有限公司
　　　　　　電郵：manuscriptpublish@gmail.com

印　　　刷：陽光（彩美）印刷公司

發　　　行：香港聯合書刊物流有限公司
　　　　　　香港新界大埔汀麗路 36 號
　　　　　　中華商務印刷大廈 3 字樓
　　　　　　電話：(852) 2150-2100　傳真：(852) 2407-3062

臺灣總經銷：貿騰發賣股份有限公司
　　　　　　地址：新北市中和區中正路 880 號 14 樓
　　　　　　電話：886-2-82275988
　　　　　　傳真：886-2-82275989
　　　　　　網址：www.namode.com

版　　　次：2019 年 6 月初版
國際書號：978-988-79367-2-5
定　　　價：港幣 88 元　新臺幣 310 元

Published and printed in Hong Kong